La passion tranquille

Jean-Louis Trintignant

La passion tranquille

Entretiens avec
André Asséo

PLON/France Inter

© Plon, 2002
ISBN 2-259-19542-3

« Être comédien, ce n'est pas l'idéal comme recherche d'équilibre. On est plus heureux en étant jardinier... mais c'est moins bien payé ! »

Jean-Louis TRINTIGNANT.

Introduction

Depuis trois ans, Jean-Louis et Mariane, son épouse, vivent dans une villa située en face de la petite ville d'Uzès. Une maison sobre, composée d'une seule double pièce : chambre et living sont reliés par la cheminée, lieu central et indispensable, objet de l'attention la plus vive. C'est là que s'organise la vie de Jean-Louis. Car une pièce sans cheminée est une pièce sans âme. Le bois qui y crépite lui rappelle la saveur et l'odeur des forêts. S'il n'est pas heureux à la ville, c'est en partie parce qu'il y respire mal.
Une terrasse court tout au long de la villa. D'un côté, la vallée de l'Eure s'étend au loin, peuplée de garrigues, d'arbres et de rochers. Deux habitations, tout au plus, à l'horizon. De l'autre côté, un décor de carte postale : le château ducal, l'évêché, l'ancien palais épiscopal et les maisons datant du XVe siècle confèrent à l'endroit une rare noblesse. La beauté d'une telle architecture, admirée ici chaque jour, et surtout chaque soir lorsque le soleil décline, offre à ces pierres une couleur de vieux rose.
Le jardin de la villa n'est pas très étendu ; il possède pourtant des richesses insoupçonnées. Charles Trenet aurait pu s'inspirer de ce « jardin extraordi-

naire » où tilleul, cerisier, figuier, amandier, noyer, jujubier, prunier, olivier, framboisier, grenadier, poirier et abricotier composent un décor qu'un parfum de lavande enveloppe. Ajoutez à cela des fruits pour chaque mois de l'année...

C'est dans ce cadre que nous avons, avec Jean-Louis, discuté simplement, à bâtons rompus, de son enfance, du cinéma, du théâtre, de la poésie et des voitures... De la vieillesse. De la mort. Parfois, nous suivions le cours d'un ruisseau. Et il nous arrivait de nous poser à l'ombre d'une forêt. À la fraîche.

Nous avons adopté le tutoiement pour ne pas tricher. Se dire « vous » aurait donné à notre conversation un ton compassé.

A. A.

1
2001 : du côté d'Uzès

André Asséo : Ta décision de mettre un terme à ton métier de comédien est-elle définitive ?

Jean-Louis Trintignant : En ce qui concerne le cinéma, presque certainement. Pas le théâtre ! Je continue, mais je ne veux plus jouer à Paris. Je ne m'y plais pas. Ne crois pas que j'aie des reproches à faire au théâtre parisien qui est, au contraire, magnifique et sans doute l'un des plus beaux du monde.

A. A. : Si demain tu reçois une superbe pièce, tu la refuses ?

J.-L. T. : S'il faut jouer dans un théâtre parisien, oui. Sans pour cela me sentir frustré. Avec ma fille Marie, je vais jouer, en tournée et pendant deux ans, la pièce de Samuel Benchetrit *Comédie sur un quai de gare*. On jouera seulement du mercredi au samedi, soit cent quatre-vingts représentations. Marie s'est arrangée pour tourner en été, lorsque nous ne jouons pas la pièce. Et comme nous sommes des gens un peu cupides *(rires)*, elle se fera suffisamment payer pour faire bouillir la marmite, afin que ses enfants aient à manger, peuchère !

(Lorsqu'il parle d'argent, Jean-Louis esquisse toujours un sourire gêné, pudique, identique à celui que Georges Brassens dessinait sur ses lèvres lorsqu'il évoquait des sujets polissons.)

A. A. : On ne peut donc pas employer, à ton sujet, le mot *retraite*...

J.-L. T. : Non, je déteste ! Ce mot ne me convient pas du tout !

A. A. : Lorsque tu ne joues pas au théâtre, comment s'organise ta vie quotidienne ?

J.-L. T. : Je trouve les journées trop courtes. J'ai plein de choses à faire. Et je sais que j'aurai de moins en moins d'activité... parce que je vais être de plus en plus vieux, et que ça va empirer ! Et puis, viendra le temps où je serai vraiment... impotent. Je pense jouer un jour au théâtre avec un déambulateur ! On y poserait des trucs avec des perfusions ! Je me dis que je pourrais jouer comme ça, parce que la tête va bien : c'est le corps qui me trahit ! *(Jean-Louis aime parler de lui avec dérision. Ses douleurs — comme toutes nos douleurs — sont réelles. Il se plaît à en jouer.)* On ne me propose que des personnages de vieux. Pour m'amuser, je demande, après la lecture d'une pièce : « C'est pour quel rôle ? » Je sais très bien le rôle que l'on me destine ! Tout cela est normal. Il y a pourtant un personnage de vieux que j'adorerais jouer, c'est le roi Lear. C'est une pièce magnifique, que j'ai commencé à travailler... j'étais encore jeune ! Elle me touche profondément. C'est vrai. C'est un rôle qui demande une grande dose d'énergie. J'espère en garder assez pour le jouer. On ne doit jamais sentir l'effort chez un acteur. Je n'aime pas, lorsque je vais au théâtre, m'apercevoir des difficultés physiques du comédien. Il faut arriver à faire les choses les plus contraignantes comme si c'était facile. Si on se donne en spectacle, il ne faut vraiment pas faire pitié. Dans la vie, au contraire, moi, j'aime faire pitié.

A. A. : C'est un jeu...

J.-L. T. : Pas du tout ! Je trouve qu'on est plus heureux si on fait pitié ! J'aime bien qu'on ait un peu de condescendance à mon égard.

A. A. : Pour quelles raisons aurait-on de la condescendance à ton égard ? On ne te voit pas souffrir !

J.-L. T. : Si, si, on me voit souffrir ! Je me souviens, je me baladais un jour dans Paris, et je boitais. J'ai croisé Claude Berri que je n'avais pas vu depuis un certain temps. Nous avions été très amis lorsque nous étions jeunes comédiens. Il ne m'a pas reconnu. Je lui ai dit bonjour. Il s'est retourné et s'est exclamé : « Oh ! là là ! » Il se préparait à produire *La Reine Margot*, et m'a assuré alors que Patrice Chéreau aurait un rôle pour moi. « Non, non, Claude, je t'assure que tout va bien pour moi », lui dis-je avec un geste amical et une petite tape sur l'épaule. Il a insisté : « Je suis sûr que tu en as besoin. » Je l'ai suivi dans les bureaux de la production. Il a pris Chéreau à part, lui a parlé. Et Chéreau est revenu en me disant : « Claude tient à ce que je vous fasse jouer dans le film. La distribution est déjà faite, mais je peux vous trouver un petit rôle. » Je l'ai remercié de sa gentillesse, mais vraiment, je n'en avais pas besoin... Je dois avouer que tout ça me plaît beaucoup ! L'autre jour, rencontrant Claude Rich, qui est un type très sympathique, je lui dis, dans le cours de la conversation : « Pardon d'être encore là. » Claude se rebiffe : « Mais pourquoi dis-tu ça ? » Je lui ai répondu que je trouvais indécent d'être encore ici à mon âge, que je devrais, peut-être, laisser la place... Claude était outré : « Tu n'as pas le droit de dire cela ! »

A. A. : Le lecteur va croire que lorsque tu marches dans la rue, on a envie de te donner deux francs cinquante ! Mais soyons sérieux ! Comment s'écoulent tes journées du côté d'Uzès ? Tu te lèves le matin. Tu as mal...

J.-L. T. : Oui, j'ai mal, c'est sûr ! J'ai beaucoup de choses à faire, de petites choses simples. Et je passe beaucoup de temps en contemplation. « Contemplation » c'est peut-être un mot prétentieux, mais j'ai beaucoup de plaisir à être, comme maintenant, au milieu d'une petite rivière, à écouter les oiseaux, sentir la fraîcheur alors qu'à cinquante mètres il fait très chaud. La voiture où nous sommes, les roues dans l'eau, ressemble à une auto de manège d'enfants, ça m'enchante. Ce sont des bonheurs minces, mais j'en jouis énormément.

A. A. : Tout à l'heure, alors que nous gravissions avec peine une petite côte, un piéton nous a encouragés, croyant que nous allions caler...

J.-L. T. : ... ça m'a rappelé les courses cyclistes où, en haut des cols, des types hurlent dans les oreilles des champions. Dans le Tour d'Italie, un coureur excédé a balancé son poing sur le nez d'un spectateur. Il a été déclassé pour ce geste ! Quelle injustice ! Moi, j'aurais déclassé le piéton ! *(Rires.)*

A. A. : Quelles « petites choses simples » aimes-tu faire ?

J.-L. T. : Je suis très manuel. Regarde mes mains : elles sont abîmées. J'adore le bois. J'ai vraiment une passion et un contact formidable avec le bois. Ce matin encore, je me suis levé, vers 7 heures, et je suis allé le toucher. J'en ai de différentes qualités. Devant la maison j'ai peut-être deux mille kilos de bois que je déplace, que je range. C'est presque sensuel. Je suis la vie d'une bûche jusqu'au moment où je la brûle. Dans la cheminée, je vais chercher les morceaux de bois que je connais. Je sais celui qui conviendra. Tout dépend de l'intensité du feu. S'il est trop violent, on met un bois qui va un peu l'étouffer. Si, au contraire, la flamme est faible, on met un bois qui va lui redonner de la vigueur : un bois plus âgé, plus petit, d'une qualité qui brûle mieux. Une bûche de pin par exemple aide à reprendre le feu car sa résine réanime la flamme. Et puis, il faut calculer la vieillesse du bois : il brûle d'une façon différente selon qu'il est jeune ou vieux. Un feu qui est fait avec amour, c'est vraiment fascinant. Je passe plus de temps devant ma cheminée que devant la télé.

A. A. : Peut-on dire que, pour toi, c'est le retour à la case départ ? Tu es revenu dans ta région, au pied des Cévennes : c'est donc ici que tu as eu envie de boucler cinquante ans de comédie ?

J.-L. T. : J'ai essayé, ici, de vivre autrement. Mais non, je ne connais décidément rien de plus intéressant que ce que je fais aujourd'hui. Ce n'est pas en voyant un film dans une salle que je me sentirais plus heureux. Un lézard me paraît plus intéressant qu'un film de fiction. Profondément, j'aime ce pays, ses odeurs. L'hiver, quand je me balade dans la garrigue, je sens la menthe, le thym, le romarin...

2

Les années de jeunesse

André Asséo : Tu es né à Piolenc, à une trentaine de kilomètres d'Uzès, et tu as vécu à Pont-Saint-Esprit dont le maire était ton papa.

Jean-Louis Trintignant : Oui, après la Libération. On était des petits-bourgeois un peu aisés. Je m'en rendais très bien compte. Je faisais partie des enfants de notables. À l'école, on me le faisait sentir. C'était un peu pesant, mais je m'en accommodais.

A. A. : Ton père avait-il des opinions politiques ?

J.-L. T. : Il a été radical, et puis socialiste. Il détestait Mitterrand. Il était né en 1898 et avait fait la guerre de 14. Je lui ai souvent demandé de me raconter cette époque, les tranchées, les tueries. Il a toujours refusé de m'en parler. C'est dommage. Mon père était ami de Daladier, qu'on appelait « le taureau du Vaucluse », et lorsqu'en 1981 Mitterrand est arrivé au pouvoir, ça l'a mis dans une colère terrible : il le trouvait malhonnête et pas du tout socialiste ! Il exagérait un peu, je crois ! J'aimais bien parler politique avec lui. C'était un « soucieux socialiste », comme disait Boris Vian, qui pensait que lutter contre les injustices serait un mieux pour la société.

A. A. : Parallèlement, il exerçait un métier ?

J.-L. T. : Oui, il faisait des flans, des entremets sucrés. Et il avait été paysan, aussi. Dans son enfance, son père était vigneron. Ils étaient cinq frères, et ils travaillaient tous au domaine. Ils faisaient du vin.

A. A. : Et ta mère ? Elle était un peu artiste ?

J.-L. T. : Maman était réellement une bourgeoise ! Un peu originale, passant même pour une extravagante car, dans sa famille, jamais quelqu'un n'avait fait un métier artistique. C'était très mal vu à l'époque. Ça me rappelle une scène fameuse d'un film de Marc Allégret, *Entrée des Artistes*, où Louis Jouvet, professeur au Conservatoire, va voir les parents d'une élève très douée. Ils tiennent une blanchisserie et refusent que leur fille devienne comédienne « parce que ce n'est pas un métier ». Et Jouvet a cette réplique : « Parce que laver le linge sale des autres en famille, vous trouvez que c'est un métier ? » Magnifique ! À propos de ma mère, elle voulait être tragédienne. Elle connaissait par cœur presque toutes les tragédies de Racine et Corneille. Elle adorait dire les vers. Je pense qu'elle a sûrement exercé une influence sur mon désir de faire un métier artistique.

A. A. : Jusqu'à l'âge de cinq ans, ta mère t'a habillé en fille...

J.-L. T. : Oui. J'étais le deuxième enfant. Mon frère aîné avait deux ans de plus que moi, et ma mère avait décidé que je serais une fille. Lorsque je suis né, elle ne l'a pas accepté, et elle m'a élevé comme une fille. Étonnant, non ? Ce fut chez elle une idée fixe puisque, plus tard, lorsque je lui ai présenté ma première femme, elle lui a dit : « Ah ! je regrette qu'il ne soit pas homosexuel, parce qu'il va m'échapper ! » C'était une personne possessive et magnifique en même temps. C'est incroyable de prononcer de telles paroles à une femme qui vit avec son fils !

A. A. : Ta mère a renoncé à son désir d'être tragédienne ?

J.-L. T. : Oui. Comme beaucoup d'autres bourgeoises qui hésitent à franchir le pas qui sépare l'amateur du professionnel.

A. A. : Et ton frère aîné, comment était-il ?

J.-L. T. : Il est mort d'un cancer du poumon à quarante-quatre ans. Il fumait beaucoup. Comme mon père qui, à la fin de sa vie, me disait qu'il était l'un des plus vieux fumeurs. Il avait soixante-dix ans de tabagisme et lui n'est pas mort d'un cancer du poumon... Mais revenons à mon frère. C'était un garçon fragile. Je l'aimais beaucoup, et lorsque nous étions petits je prenais des médicaments dont je n'avais pas besoin (genre Vermifuge Lune, huile de foie de morue) pour l'encourager à les avaler.

A. A. : Tu as eu une éducation religieuse poussée ?

J.-L. T. : Pas vraiment ! Mon père était plutôt anticlérical, et ma mère un peu bigote. Je trouvais le spectacle de la messe assez intéressant. La Crucifixion est une représentation théâtrale d'un fait divers, important, mais un fait divers. Il y a certainement, à part le Christ, d'autres gens qui ont eu la même démarche. Peut-être est-ce lui qui était le plus séduisant. On dirait maintenant « le plus médiatique ».

A. A. : Tu avais déjà besoin de solitude ?

J.-L. T. : Oui, étant petit, j'ai passé beaucoup de temps tout seul. Je crois que c'est bien de donner aux enfants le goût de la solitude. On leur dit sans cesse : « Il faut faire ceci, pas cela. » Il est important que les enfants découvrent eux-mêmes les choses. Et comment peuvent-ils les découvrir, sinon en étant seuls ? Mes parents me demandaient simplement de bien travailler à l'école, c'était l'essentiel pour eux.

A. A. : Cette solitude, comment la meublais-tu ?

J.-L. T. : Là encore avec plein de petites choses. Par exemple, je jouais à la pétanque, tout seul. Ça m'a intéressé jusqu'à onze, douze ans. Et puis, je faisais courir mon imagination. Je pense que l'une des qualités essentielles d'un artiste, qu'il soit comédien, peintre ou sculpteur, c'est l'imagination. On ne l'a pas naturellement. Il y a des gens qui ne pensent jamais, qui ne se racontent jamais d'histoires. Crois-moi, quand on est tout seul, on a furieusement tendance à se raconter des histoires. Je n'ai jamais arrêté. Et je continue aujourd'hui encore. Lorsque j'étais petit, c'étaient des histoires d'adulte. Maintenant ce sont des trucs d'enfant qui me touchent, parce que mes histoires évoquent des sentiments très simples. Souvent, lorsque je fais des balades à vélo, je ne cesse de faire marcher mon imagination. Ce n'est pas incompatible avec les dépenses physiques.

A. A. : Comment est né ton désir de faire du théâtre ?

J.-L. T. : C'était au théâtre du Gymnase à Marseille. Au dernier étage, il y avait une salle de répétition dans laquelle un professeur donnait des cours tous les dimanches matin. Ce fut mon premier contact avec l'art dramatique. J'habitais Aix-en-Provence. C'était juste après la guerre. Je prenais le bus. Et ce professeur, qui était régisseur au théâtre, me faisait travailler les « jeunes premiers » classiques. Ça m'intéressait, sans plus. Et puis, le coup de cœur est arrivé en voyant Charles Dullin dans *L'Avare*. Je me souviens parfaitement de la date : 11 décembre 1949. Le jour de mon anniversaire. Dullin est mort aussitôt après, ce fut sa dernière représentation. En sortant du théâtre, ma décision était prise : j'irai à Paris, au Cours Dullin. Je pensais, bien sûr, qu'il serait encore là. Vraiment, lorsque je l'ai vu dans Harpagon, j'ai été réellement impressionné. J'ai assisté à d'autres interprétations de *L'Avare*, depuis : Jean Vilar, Michel Serrault. Ils étaient bien. Mais Dullin, c'était la simplicité, la beauté et la profondeur du texte.

A. A. : Avant d'avoir vu cette pièce, tu avais déjà assisté à d'autres représentations théâtrales !

J.-L. T. : Bien sûr. On voyait toujours les mêmes pièces : *Marius* de Pagnol, et *L'Arlésienne* d'Alphonse Daudet. Il y avait, à Bagnols-sur-Cèze, un petit théâtre en plein air où, tous les ans, on jouait *L'Arlésienne*. Alors, avec ma mère, nous y allions chaque année, comme s'il s'agissait d'un pèlerinage. Maman se voyait dans le rôle de la mère, et moi dans le rôle du fils. *L'Arlésienne* conte l'histoire d'un type qui tombe amoureux d'une femme qu'on ne voit jamais. Il en meurt, et sa mère essaie de l'en sortir. C'était la pièce de notre vie ! Toute au premier degré : la mère était très mère, le vieux berger très vieux berger, Frédéric, le fils, très romantique, l'amant qui était gardian, très gardian ! C'était un peu mélodramatique ! Et pourtant ça se joue toujours. C'était, oui, la pièce de notre vie...

3

L'apprenti comédien

André Asséo : En 1950, tu décides de « monter » à Paris.

Jean-Louis Trintignant : Quelque temps auparavant, j'avais vu aux Arènes de Nîmes *Jules César* de Shakespeare, dirigé par Raymond Hermantier. Je crois que c'est ce soir-là que j'ai commencé à aimer Shakespeare. En fait, lorsque je suis arrivé à Paris, mon but était de devenir comédien au théâtre, et metteur en scène au cinéma. C'est la raison pour laquelle je suis entré à l'IDHEC [1]. La sélection était assez difficile, mais moins dure qu'à la FEMIS [2] aujourd'hui. Nous étions une trentaine par promotion, et j'y ai rencontré Alain Cavalier et Louis Malle avec lesquels je m'entendais très bien.

---

1. IDHEC : Institut des hautes études cinématographiques.
2. FEMIS : Fondation européenne des métiers de l'image et du son, qui a succédé à l'IDHEC.

A. A. : On vous apprenait principalement la technique ?

J.-L. T. : Oui, et puis on visionnait beaucoup de films. Habituellement, lorsqu'on sortait de l'IDHEC, on devenait assistant réalisateur.

A. A. : Et le Cours Dullin ?

J.-L. T. : Je continuais à le suivre. Un an après, je me suis inscrit parallèlement au cours de Tania Balachova. Le Cours Dullin était plus conventionnel, plus classique. Balachova s'intéressait davantage aux gens, à leurs problèmes. Et ce n'étaient pas les cas sociaux qui manquaient ! J'étais un des plus normaux, mais quand même assez dérangé. Et très timide. Mes camarades de cours étaient Delphine Seyrig, Laurent Terzieff, Bernard Fresson...

A. A. : Quel était l'intérêt du Cours Dullin, puisque le maître n'y était plus ?

J.-L. T. : Il y avait un « esprit Dullin ». Tous ceux qui enseignaient faisaient partie de sa troupe. M. Arnaud, qui ne doit plus vivre maintenant, avait joué La Flèche dans *L'Avare* pendant des décennies, puis Gérard Philipe, Jean Vilar, Marcel Marceau, Jean-Louis Barrault, Daniel Ivernel, furent tous, plus ou moins, élèves de Dullin.

A. A. : Quel était ton principal défaut ?

J.-L. T. : La timidité. Je jouais la tête baissée. J'ânonnais les textes... J'étais très gêné de jouer sur une estrade devant d'autres élèves qui se moquaient de moi. Et puis les professeurs étaient assez durs. Souvent, ils me disaient : « Vous êtes bien sûr de vouloir être comédien ? Vous n'avez pas les qualités suffisantes... » ! Moi, je savais qu'intérieurement j'avais la sensibilité nécessaire, mais j'extériorisais mal.

A. A. : Qu'est-ce qui te poussait à continuer ?

J.-L. T. : Ça me plaisait... beaucoup. Je savais aussi que cet exercice serait une thérapie pour me guérir de ma timidité. Et ce fut drôlement efficace ! Il faudrait conseiller à tous les timides de suivre des cours de théâtre.

A. A. : Tu devais avoir l'accent du Midi ?

J.-L. T. : Peuchère, oui ! Et cela aussi me bloquait, parce que mon accent faisait rire. J'ai pris des cours spéciaux avec un professeur qui apprenait à perdre les accents. J'aimais bien travailler des personnages qui n'étaient pas pour moi, des vieux surtout. Par exemple, don Diègue dans *Le Cid* : « Ô rageu, ô désespoireu, ô vieillesseu ennemieu / N'ai-jeu donc tann vécu que poureu cetteu infamieu » !

A. A. : Et comment vivais-tu à Paris, en courant d'un cours à un autre ?

J.-L. T. : Un ami de mon frère cueillait des champignons dans les carrières autour de Paris. Je l'aidais dans ses livraisons. On ramassait les paniers de champignons, on arrivait aux Halles vers minuit et on livrait chez différents marchands jusqu'à 4 ou 5 heures du matin. J'ai aussi travaillé à la gare d'Austerlitz où je déchargeais les wagons. Un travail à la chaîne... J'ai servi à la Maison du Café, où je ramassais sur les tables les tasses des clients qui avaient fini de consommer, et je les amenais à la plonge. Bref, plein de petits boulots. Je savais vivre avec très peu d'argent. Je louais une chambre avec des camarades, dans un petit hôtel de la rue de Buci, à Saint-Germain-des-Prés. On vivait à quatre là-dedans ! Il y avait un garagiste, un autre qui faisait des études de droit et qui est maintenant inspecteur des impôts. Quand on a vingt ans, on vit cela avec infiniment de bonheur. Et puis, il y avait des filles, plein de filles ! Quelquefois, l'un d'entre nous demandait au concierge une chambre pour lui seul ! *(Jean-Louis rit de bon cœur. Ses vingt ans ont défilé si vite sur son visage.)*

A. A. : Revenons au théâtre. Après les Cours Dullin et Balachova, tu as fait de la figuration, mais pas n'importe où ! Au TNP, tout simplement.

J.-L. T. : J'y suis resté deux ans. Nous étions quelques-uns du Cours Dullin — comme Roger Coggio ou Antoine Bourseiller — à être ainsi récompensés. Si nous étions très peu payés, nous avions le privilège d'assister tous les soirs à des spectacles magnifiques, peut-être les plus importants que j'aie connus. Avec Jean Vilar et Gérard Philipe, le Palais de Chaillot était un vrai théâtre populaire. Pas un seul instant élitiste. Un public toujours enthousiaste, trop, peut-être : 2 600 spectateurs perdaient tout sens critique et faisaient chaque soir un triomphe au spectacle.

A. A. : Avais-tu l'impression que la « magie Gérard Philipe » était portée par la légende, ou qu'elle existait réellement ?

J.-L. T. : Il était exceptionnel ! Ça ne paraît pas possible de jouer comme ça ! Une sensibilité, une beauté physique à couper le souffle ! Il était lumineux. Pas une seconde il ne jouait mécaniquement.

Au contraire, il était inventif, audacieux. Très audacieux ! Je l'ai vu un soir dans *Le Cid* couché sur le dos et jouant le fameux récit des Maures dans cette position. Il s'était rendu compte très vite que son idée n'était pas bonne, mais il lui était difficile de se relever au milieu de son monologue. Voilà ! Il était capable de rater complètement une représentation, mais quand il la réussissait, c'était tellement extravagant, extraordinaire ! C'est ça, le théâtre ! Le théâtre ne doit jamais être figé. Le cinéma, c'est de la conserve, mais le théâtre, chaque soir, existe ou n'existe pas.

A. A. : Toi-même, lorsque tu joues, tu essaies de nouvelles choses à chaque représentation ?

J.-L. T. : Oui, j'essaie. J'ai joué *Art* avec deux merveilleux comédiens, Pierre Arditi et Pierre Vaneck. Un soir, nous avons évoqué ce problème. Ils m'ont massacré ! Ils m'ont dit qu'ils m'aimaient bien, mais que je n'avais pas bien compris les règles du théâtre. Ils me disaient : « Si ce que tu as fait la veille est formidable, tu n'as pas le droit de le changer ! Les spectateurs sont différents chaque soir, et il faut assurer. » Ils n'ont sûrement pas tort, mais je préfère prendre le risque de décevoir ou bien d'être exceptionnel. Je ne pense pas que l'on doive se limiter à refaire la même chose tous les soirs. Ça ne m'intéresse pas.

A. A. : Modifier son interprétation, c'est mettre en péril le comédien qui te fait face...

J.-L. T. : Oui. Souvent ils râlaient, ils me disaient : « Pourquoi as-tu fait ça ce soir ? — Parce que je pensais que c'était bien ! » Mais ça ne leur plaisait pas. Peut-être n'avaient-ils pas tort. Comme je les respectais et les estimais, j'ai essayé de ne pas leur poser trop de problèmes. Mais je connais de très bons comédiens qui changent complètement chaque soir, rythment le texte différemment, prennent des temps inattendus...

A. A. : Tu es quand même tributaire d'un texte. Tu ne peux pas improviser.

J.-L. T. : Si, on peut improviser ! On peut dire le texte, à tel moment de la pièce, d'une façon très enjouée, puis le lendemain être très grave.

A. A. : Dans ce cas, ton partenaire ne peut pas réagir de la même manière que la veille ?

J.-L. T. : Il faut qu'il s'adapte. Il doit écouter et réagir d'après ce que l'autre a fait. C'est pour ça que j'ai adoré jouer avec ma fille Marie. Parce qu'on s'écoutait. C'est quelquefois déconcertant. Ainsi, un soir, elle a joué toute la pièce en pleurant. J'étais bouleversé, j'ai joué différemment. Je ne pouvais faire autrement, parce que je l'écoutais. Et, en plus, parce que je suis son père, que je l'aime tendrement, et lorsqu'elle a du chagrin, je suis bouleversé. Mais, c'est vrai, on a joué une pièce *autre*. C'était peut-être moins bien, mais intéressant. Il faut oser, ne pas se contenter de ce qu'on fait facilement. Cette thèse de l'improvisation découle sans doute de l'influence reçue pendant deux ans au TNP. Jean Vilar était un grand metteur en scène, qui possédait le sens du spectacle, savait utiliser son plateau et comment faire bouger ses personnages, se servir de la musique de Maurice Jarre qu'il intégrait à l'action. Il a éliminé les décors, préférant jouer dans des rideaux noirs. Et on y croyait. Lorsqu'il parlait des murs de Rome, on les voyait, même si ce n'étaient que des rideaux noirs ! Jamais il ne donnait une indication psychologique. Il arrivait près d'un acteur et lui disait des onomatopées, en insistant sur le rythme, scandant la phrase : « Pa / papapa / pa ! » Il donnait une musique, et les comédiens, qui le connaissaient bien, le comprenaient instinctivement. C'était l'esprit de troupe.

A. A. : Les improvisations de Gérard Philipe ne le gênaient pas ?

J.-L. T. : Au contraire, il aimait ! Il faut préciser que lorsqu'un spectacle se montait, il y avait trois semaines de répétition à raison de huit heures par jour. Des lectures très lentes où on ne parlait que du texte. Donc, le travail psychologique sur la pièce avait été fait. Une fois sur le plateau, seuls comptaient la musique et le rythme.

A. A. : As-tu retrouvé des metteurs en scène qui, comme Vilar, s'attachaient à la musique de la phrase ?

J.-L. T. : Non. À l'exception de Patrice Chéreau, mais que je n'ai connu qu'au cinéma. Il aborde un texte d'une manière inattendue qui n'est pas dans le sens prévu par le comédien. Chéreau ne demande jamais de comprendre l'ensemble d'un film, seulement la scène à jouer.

A. A. : Pendant ces deux ans au TNP, tu as revêtu le costume de hallebardier ?

J.-L. T. : Oui, mais pas seulement ! De temps en temps, il m'arrivait d'avoir une phrase à dire. C'était très angoissant.

A. A. : Tu avais encore la tête baissée en jouant ?

J.-L. T. : Non. Je commençais à vaincre ma timidité. C'est bien d'avoir commencé comme ça. On ne me remarquait pas, on ne me voyait pas. Quand je tournais dans *Le Train* de Pierre Granier-Deferre une scène assez difficile avec Romy Schneider, une scène lourde, pesante, on était un peu gênés parce qu'il y avait un type qui était là en spectateur, et qui regardait les yeux grands ouverts. J'ai demandé à un machiniste qui était ce mec qui nous observait, silencieux. Il m'a répondu : « C'est un ami de la famille, il veut être comédien. C'est moi qui l'ai fait rentrer sur le plateau. » C'était Gérard Depardieu. Je crois qu'il a fait ça très longtemps. C'était un vrai passionné.

A. A. : Les premiers petits rôles que tu as joués, ce sont deux directeurs de troupe, Raymond Hermantier et Jean Dasté, qui te les ont offerts.

J.-L. T. : J'aimais bien l'idée de troupe. J'aurais pu y passer toute ma vie en jouant avec les mêmes comédiens, ceux dont j'appréciais les réactions. Malheureusement, je n'ai pas réussi à m'intégrer à la compagnie de Jean Dasté. C'était sans doute de ma faute. J'étais habitué au style de travail de Raymond Hermantier avec lequel j'avais débuté quelque temps auparavant, et qui me faisait jouer tout « en force ». Alors que Dasté exigeait de la finesse, c'est-à-dire exactement l'inverse. Ensuite, dans les Jardins de la Fontaine de Nîmes, j'ai joué Sganarelle dans *Dom Juan*. C'était un rôle tellement à l'opposé de moi que je m'y suis senti à l'aise, parce que j'avais moins de pudeur. J'en avais fait un personnage plus près de Scapin, ce qui n'était pas très juste.

A. A. : Et tu as travaillé également chez Grenier-Hussenot.

J.-L. T. : Il y avait plein de gens intéressants dans sa troupe. C'était une famille de comédiens qui me correspondait très bien. Nous avons joué une pièce de Robert Hossein, *Responsabilité limitée*. J'y tenais le rôle principal. Les répétitions se passaient plutôt bien, et je savais qu'après deux semaines de travail le metteur en scène n'avait plus le droit de renvoyer un comédien. J'attendais ces deux semaines avec impatience. Un jour, juste avant l'échéance, Grenier et Hussenot m'ont pris à part et m'ont fait savoir qu'ils ne pouvaient pas continuer avec moi : ils estimaient que je n'étais pas encore prêt et qu'ils allaient donc chercher un autre comédien. « En attendant qu'on le trouve, tu peux continuer à répéter », avaient-ils ajouté. Et comme ils n'ont trouvé personne pour me remplacer, j'ai joué le rôle. Ce fut mon premier succès personnel. La pièce était bien montée d'ailleurs. Il y avait Jean Rochefort, Lila Kédrova, Roger Dumas, Roger Carel, entre autres. Une super troupe ! Ce rôle fut décisif en ce qui me concerne car André Bernheim, qui était alors l'impresario le plus célèbre de Paris, m'engagea, à condition, toutefois, que je fasse du cinéma.

A. A. : Tu n'en avais pas encore fait ?

J.-L. T. : Non ! André Bernheim insistait : « Il faut que vous fassiez du cinéma, sinon vous ne m'intéressez pas. — D'accord, je ferai du ciné ! » ai-je répondu. J'ai commencé à faire des essais pour divers films. J'en ai raté une dizaine. C'est vrai que je ne me donnais pas beaucoup de mal. J'aimais tellement plus le théâtre ! Mais un jour, Bernheim m'a dit qu'il arrêtait les frais. Je dois dire qu'il me donnait un fixe tous les mois, ce qui me permettait de vivre sans faire de petits boulots. Il avait aussi payé toutes mes dettes, l'équivalent de vingt mille francs d'aujourd'hui. Étant au pied du mur, je me suis appliqué lors des essais suivants et je les ai réussis. Entre-temps je m'étais marié avec Stéphane Audran, qui s'appelait Colette Dacheville. Nous nous étions connus au Cours Dullin.

A. A. : Ton tout premier film fut *Si tous les gars du monde* de Christian-Jaque. Ce fut une expérience concluante ?

J.-L. T. : Christian-Jaque était un réalisateur à succès. Il demandait à ses comédiens de jouer très « démonstratif ». Ça ne me passionnait pas vraiment ! Je préférais m'intéresser à la technique. Il y avait sur le plateau un type qui parlait toujours de lumières, de projecteurs, etc. Je lui ai alors demandé s'il était électricien. Il m'a répondu sèchement : « Non, je suis le chef-opérateur. Je m'appelle Christian Matras. » Dans le monde du cinéma, il était une célébrité ! Je désirais aussi regarder dans l'œilleton de la caméra, geste que seules les vedettes du film peuvent se permettre de faire. Mais mon intérêt pour la technique énervait un peu tout le monde. Je te rappelle que ma première idée était de devenir metteur en scène...

4

Brigitte Bardot et le service militaire

André Asséo : Venons-en à tes vrais débuts, ceux qui ont marqué le public. Nous sommes en 1956, tu tournes *Et Dieu créa la femme* sous la direction de Roger Vadim, avec Brigitte Bardot et Curd Jurgens.

Jean-Louis Trintignant : C'est grâce à la participation de ce dernier que le film a pu se monter. Il aurait pu se faire en noir et blanc, et c'est sa présence qui a permis un budget suffisant pour tourner en couleurs. À un moment, on disait de lui qu'il était « le plus grand acteur du monde ». Bien sûr, il s'agissait d'un truc de publicité ! C'était un homme qui menait une vie assez mondaine, il était sympathique, sensible et intelligent. Il faisait l'acteur parce qu'il représentait l'Allemand type de l'époque nazie. Il a joué de très nombreux rôles d'officiers allemands, pour lesquels on le payait très cher ! Je sais qu'un réalisateur italien avait organisé un plan de travail pour que Jurgens tourne son rôle en deux jours ! C'était vraiment une énorme vedette, en France notamment, mais surtout internationale, car en plus de l'allemand il parlait couramment l'anglais, le français et l'italien.

La passion tranquille

A. A. : Le véritable choc du film, ce fut Bardot...

J.-L. T. : Bardot a été un des phénomènes les plus importants du cinéma français. Bardot, c'était incroyable ! Il y a eu Marilyn Monroe et Brigitte Bardot ! Les Américains l'adoraient, lui proposaient des contrats mirifiques qu'elle a toujours refusés. Je crois que le cinéma ne l'intéressait pas tellement. Elle avait un physique exceptionnel et possédait une sensualité assez provocante. Elle fut la première en France à imposer une telle personnalité. Elle était magnifique !

A. A. : Comment as-tu été retenu pour ce film ?

J.-L. T. : J'étais un comédien qu'on commençait à connaître. J'avais tourné dans trois films. J'étais considéré comme un jeune premier qui démarrait et prenait une certaine importance. Quand cette proposition est arrivée, rien ne m'a réellement enthousiasmé, ni le scénario, ni le fait d'être le partenaire de Bardot. Mais, pour la première fois, j'étais assez bien payé, et, comme ce fut souvent le cas dans ma carrière, la raison principale était la cupidité. *(Rires.)*

A. A. : Et Bardot, comment jouait-elle ?

J.-L. T. : Elle n'était pas une comédienne extraordinaire. Mais elle était très intelligente, beaucoup plus qu'il n'y paraissait. Elle faisait du cinéma parce que Vadim, qui était ambitieux pour elle et pour lui, la poussait à devenir une vedette.

A. A. : L'idylle que vous avez vécue ensemble avait fait de vous le couple le plus pourchassé de France par les photographes.

Brigitte Bardot et le service militaire

J.-L. T. : Elle, pas moi !

A. A. : Tu faisais partie du couple !

J.-L. T. : Bien sûr ! Mais même si elle avait vécu seule, elle aurait été la proie des photographes. Elle était un phénomène médiatique incroyable ! Ses photos se vendaient dans le monde entier. Elle était la Française la plus connue, plus que de Gaulle ! Non, de Gaulle a été célèbre avant elle ! *(Rires.)*

A. A. : Et toi, jeune comédien qui n'avait tourné que dans trois films, quel effet ça te faisait de sentir cette pression médiatique ? Car Jean-Louis Trintignant devenait un nom, une tête d'affiche.

J.-L. T. : Ça ne me plaisait pas beaucoup. Cette publicité ne correspondait pas à mon ambition et à l'image que j'avais de moi en tant qu'acteur. Je n'ai jamais désiré faire la une des journaux. J'aurais préféré faire ce métier d'une façon anonyme, dans la clandestinité.

A. A. : Tu dis ça maintenant...

J.-L. T. : Non, je suis sincère. Je le pensais à ce moment-là, et ça ne provoquait chez moi que de la gêne. Même Bardot qui, au début, se trouvait flattée d'être courtisée par les médias, était arrivée à un point d'écœurement qui l'obligeait à rester chez elle. Devant la porte de sa maison, il y avait sans cesse des journalistes qui attendaient qu'elle sorte. Cette traque devenait un enfer. Je crois que si elle a renoncé à ce métier d'actrice c'est en grande partie à cause de ce déferlement médiatique qui lui a vraiment fait peur.

A. A. : Ce qui est étonnant, c'est que tout cela ne t'a pas tourné la tête, ne t'a pas incité à aller vers des chemins plus faciles.

J.-L. T. : Je connais beaucoup de comédiens qui auraient réagi comme moi. Ceux qui auraient profité de cette pseudo-notoriété auraient été des gougnafiers ! Ce ne sont vraiment pas des comédiens que j'aurais pu estimer !

A. A. : *Et Dieu créa la femme* date de 1956. À la fin de cette même année, il y eut un brusque arrêt dans ta carrière et dans ta vie sentimentale : le service militaire, et la guerre d'Algérie.

J.-L. T. : J'ai dû faire vingt-huit mois de service, ce qui était déjà beaucoup, mais j'ai eu un mois de rab parce que j'avais fait pas mal de prison. Ce fut un service militaire assez douloureux. Contrairement à certains qui disent « C'était le bon temps ! », j'affirme que c'était un temps horrible, un temps de merde !

A. A. : Pourquoi as-tu fait de la prison ?

J.-L. T. : J'étais, à cette époque, assez politisé, donc contre cette guerre d'Algérie, que j'ai très mal vécue. Je peux le dire maintenant, parce qu'il y a prescription, j'ai même un peu milité. J'ai fait quelques actions en faveur du FLN, le Front de libération algérien. J'étais affecté au service de santé, ce qui me permettait de connaître beaucoup de gens. Ils me racontaient des choses terrifiantes, ils me disaient : « Quand on retrouve son copain tué et châtré, ça engendre la haine. » Venaient alors les séances de torture. Ces histoires me provoquaient une douleur terrible. J'ai trouvé tout cela tellement horrible que je me suis rendu malade. Je n'ai pas été réformé complètement, mais j'ai été exempté. C'était pour moi l'essentiel. Si j'avais dû participer à cette guerre, j'aurais sûrement déserté. Je voyais des soldats français qui revenaient en racontant les tortures. Ah oui, ça, j'en ai vu ! Il y avait un écart d'âge entre les militaires appelés et moi. J'avais vingt-cinq ans et eux vingt. J'avais obtenu un sursis parce que j'avais commencé à faire des études de droit. Alors, je leur parlais, j'essayais de les raisonner. Cinq ans de différence, à cet âge-là ça compte. Si j'avais fait mon service militaire à vingt ans, j'aurais sûrement été plus malléable. À vingt-cinq ans, j'étais révolté. Tout cela explique les trois mois de prison !

A. A. : Tu m'as dit que tu t'étais rendu malade. Comment as-tu fait ?

J.-L. T. : Il y avait une chose qui exemptait d'Algérie, c'était l'albumine. L'albumine, c'est du blanc d'œuf. J'avais un petit flacon qui en contenait. Lorsque je faisais pipi pour des analyses, j'en versais un peu. Miracle ! J'avais de l'albumine ! J'ai sans doute eu le tort de le raconter, car on m'a envoyé à l'hôpital pour me faire un contrôle de la vessie. Je ne pouvais plus tricher ! Le médecin, qui était un jeune sous-lieutenant, m'a dit : « Il te reste une seule chose à faire. Tu manges une quarantaine d'œufs et tu bois un demi-litre de whisky. Tu auras de l'albumine le lendemain matin. » J'ai alors fait le mur de l'hôpital, j'ai suivi ses conseils en mangeant une quarantaine d'œufs... et j'ai eu réellement de l'albumine, ce dont je ne me suis jamais guéri ! Aujourd'hui encore, si j'ai une angine, j'ai de l'albumine. À soixante-dix ans, ce sont mes séquelles de la guerre d'Algérie. Mais ces ennuis sont moins graves que si j'avais dû faire cette « guerre de pacification », comme ils l'appelaient.

A. A. : En plus de la haine que t'inspirait cette guerre, tu as dû subir des vexations parce que tu étais l'amant de Bardot ?

J.-L. T. : Un peu, oui, mais ce n'était pas le plus grave. Ce sont des réactions un peu normales...

A. A. : Tu trouves normal qu'un adjudant-chef te mette la boule à zéro sous n'importe quel prétexte ?

J.-L. T. : Ça arrive tout le temps ! Dès que tu donnes une quelconque autorité à un imbécile, il en abuse la plupart du temps. D'ailleurs, dans *Hamlet*, Shakespeare évoque l'insolence des fonctionnaires. Mais il ne faut pas généraliser. C'est vrai pourtant que je suis sorti de ce service militaire complètement démoli. Vraiment, ça m'a détruit. Lorsque j'ai quitté l'uniforme, j'ai songé à tout arrêter. Je ne voulais plus être comédien. J'avais commencé, à l'armée, à faire de la photo, et j'avais décidé de faire ce métier. Je connaissais bien le rédacteur en chef de *L'Express*, qui était un journal moins important qu'aujourd'hui et qui avait pris position contre la guerre d'Algérie. Je suis devenu assistant d'un photographe. J'ai participé à quelques reportages, et ça m'a beaucoup intéressé.

A. A. : La Nouvelle Vague est arrivée à ce moment-là...

J.-L. T. : Je l'ai ratée à son début, même si plus tard j'ai tourné avec des metteurs en scène comme Doniol-Valcroze, Rohmer, Chabrol, Truffaut. À cette époque, j'allais beaucoup au cinéma. J'étais content de voir les choses changer. Il y avait une légèreté, une souplesse, dans les nouvelles techniques. J'aimais beaucoup aussi cette jeune génération de comédiens, Belmondo particulièrement. Je ne me rendais pas compte des effets néfastes de ce nouveau type de cinéma. Comme toute révolution, celle-ci était exagérée. Les scénaristes, qui faisaient l'originalité du cinéma français, ont été complètement balayés. Enfin ! Tout cela n'est pas bien grave à côté de la mort d'un enfant.

5

« Hamlet » ou les clés du théâtre

André Asséo : Au moment où tu as songé à tout arrêter, tu as fait la rencontre du metteur en scène de théâtre Maurice Jacquemont, et une formidable aventure a pu commencer.

Jean-Louis Trintignant : Maurice Jacquemont me dit un jour : « Il y a un rôle pour lequel vous êtes fait, c'est Hamlet. — Dommage que vous me le disiez maintenant, lui ai-je répondu, parce que je ne veux plus être comédien. » Il me répondit que ce n'était pas grave si on ne jouait pas la pièce, « ce qui est intéressant, c'est de la travailler ensemble ». Et nous nous sommes vus pendant un an, pas tous les jours, mais plusieurs fois par semaine.

A. A. : Quel était le projet de Jacquemont ?

J.-L. T. : De s'amuser sur une pièce, de chercher. J'étais seul avec lui, il n'y avait ni roi, ni reine, ni Horatio, ni Ophélie. Il n'y avait que moi. C'était donc une idée abstraite. Plus je travaillais, plus je trouvais la pièce extraordinaire. Les indications de Jacquemont étaient d'une richesse incroyable. Il me faisait voir des choses que je n'imaginais pas. Plus je relisais la pièce, plus j'en découvrais la densité. Ce travail m'a ouvert à la vie, à la folie, à l'humour, à l'idée de la mort. J'aimais déjà Shakespeare pour avoir joué des petits rôles dans *Macbeth* et *La Nuit des rois*, mais avec Jacquemont ce fut autre chose, un enrichissement à partir du texte.

A. A. : Aborder un tel rôle t'a-t-il fait peur ?

J.-L. T. : Non, puisque nous ne devions pas la jouer. Le travail avec Jacquemont aboutissait au dépouillement, à l'intériorité. On ne pensait absolument pas théâtre. Il n'était pas question de grossir des sentiments pour les transmettre plus facilement au public. Lorsque Hamlet prononçait une phrase, il fallait qu'elle vienne profondément de moi, que je m'y investisse afin de me donner l'impression que je venais de l'inventer. Ce fut vraiment un travail magnifique, que les acteurs, malheureusement, ont rarement le temps de faire. Sans cet acte essentiel, qui fut le plus grand enrichissement de ma vie, j'aurais sûrement joué la comédie d'une manière différente. Finalement, nous avons joué *Hamlet* quinze fois au théâtre des Champs-Élysées. J'avais vingt-neuf ans et nous étions en 1960. Ce fut un véritable événement dans ma vie. Nous avons donné quelques représentations en province et puis nous avons arrêté. Sans pour cela cesser de retravailler. Entre mes différents tournages de cinéma — j'enchaînais film sur film à ce moment-là —, Jacquemont et moi nous rencontrions. Cela a duré dix ans ! On parlait, on cherchait de nouvelles idées. Je crois qu'aucun acteur n'a travaillé à ce point le même rôle. Nous répétions au théâtre de la Musique, une scène superbe dotée d'une fosse d'orchestre. Au cours d'une séance de travail, j'ai eu un moment de grâce. J'oubliais que j'étais sur une scène de théâtre. J'inventais le texte de Shakespeare.

« Hamlet » ou les clés du théâtre

J'étais devenu Hamlet. J'avais perdu tout contrôle. Et je suis tombé dans la fosse d'orchestre. Je me suis cassé la jambe, et j'ai joué Hamlet avec une jambe dans le plâtre. C'était d'autant plus embêtant que le dispositif scénique comportait une grande quantité d'escaliers !

A. A. : À propos de ce second *Hamlet*, j'ai retrouvé une critique de Bertrand Poirot-Delpech dans *Le Monde*, qui n'était pas tendre : « La mise en scène est sans esprit, sans âme, sans cœur, c'est un filage mou et bébête... »

J.-L. T. : C'est incroyable ! Toute la critique nous a massacrés. Ce fut très douloureux pour nous. Nous avions tellement travaillé. Plus de dix ans ! J'en ai beaucoup souffert, parce que nous attendions un accueil exceptionnel. Mais peut-être avaient-ils raison...

A. A. : Cet insuccès, c'est aujourd'hui encore une sorte de plaie ouverte ?

J.-L. T. : Oui, oui... J'ai connu d'autres échecs dont je me suis vite remis, mais celui-là... Remarque, un critique n'a pas à tenir compte du travail fourni par le metteur en scène et les comédiens. Il juge un spectacle et dit ce qu'il pense. Un journaliste avait écrit à mon sujet : « Il a l'air de s'embêter », alors que pas du tout, au contraire. J'étais tellement plein de ce rôle que je refusais de jouer théâtral. Je n'élevais pas la voix, je n'extériorisais pas. J'étais pleinement Hamlet, et je me persuadais que ça passerait comme ça. Et ça ne passait pas ! Maurice Jacquemont, qui était plus un homme de culture qu'un homme de théâtre, s'était principalement attaché aux intentions, à la sensibilité du texte. La mise en scène n'était pas très travaillée et il manquait sûrement d'harmonie dans le spectacle. Ce qu'il aimait, c'était répéter avec moi seul, mais dès qu'il y avait plusieurs comédiens, ça l'embêtait. Ce qui le passionnait, c'était l'humour de Shakespeare. Car il y a énormément d'humour chez cet homme, dont je reste persuadé qu'il est le plus important auteur dramatique de toute l'histoire du théâtre. Personne n'a écrit aussi bien que lui. Même Molière !

A. A. : Molière s'est plus appliqué à écrire une satire des mœurs de son époque...

J.-L. T. : Mais Shakespeare aussi. Toutes ses pièces durent entre quatre et six heures. Quand on les joue, on fait des « coupes » parce qu'il écrivait des tas de choses sur les événements du XVIe siècle qui présentent aujourd'hui moins d'intérêt. Mais il parlait beaucoup de son époque. Il y a chez Shakespeare plus de fantaisie et plus d'humour que chez Molière qui écrivait pour le roi. Shakespeare était, je pense, plus libre.

A. A. : Certes, les pièces de Molière étaient « subventionnées » par le roi, mais ça ne l'empêchait pas de critiquer la Cour obséquieuse et les tartufes de l'époque.

J.-L. T. : Attention ! je ne dis pas que Molière n'est pas bien ! Son théâtre est magnifique, mais si je dois comparer deux génies, je crois que Shakespeare est plus riche, plus important.

A. A. : Laissons les génies et revenons au comédien. Ta technique théâtrale pourrait-elle être « il faut une page blanche » ?

J.-L. T. : C'est valable aussi pour le cinéma. Il ne faut avoir aucun préjugé avant d'aborder un personnage. C'est ma conception, et je ne dis pas que j'ai raison. Mon idée de l'acteur, c'est de devenir quelqu'un d'autre.

A. A. : Ton travail, c'est de mettre le texte à plat, sans aucune intonation, et de trouver peu à peu le sens exact des mots. Une autre technique consiste à laisser agir l'instinct du comédien, qui le pige tout de suite.

J.-L. T. : Je n'en connais pas beaucoup ! Je crois que le métier de comédien est fait de travail avant tout. Cette idée de la page blanche est intéressante, car c'est vrai : il faut partir de rien, du silence. À partir du silence, on n'a pas besoin de faire beaucoup de bruit pour être écouté. C'est comme en littérature, si on souligne tous les mots d'une page, ça ne donne aucun résultat. Il faut partir du plus simple, du plus dépouillé. Être humble devant un texte.

A. A. : Lorsque tu découvres une pièce, tu la lis sans aucune intonation ?

J.-L. T. : Oui, mais malgré soi on en met forcément un peu. La ponctuation donne déjà un sens.

A. A. : Cet amour du théâtre s'est concrétisé par de nombreuses créations de pièces, une trentaine, signées Ionesco, Sagan, Billetdoux et tant d'autres. Cependant, après le second *Hamlet*, tu es resté plus de dix ans sans monter sur les planches. Tu n'as fait ton retour qu'en 1986, dans *Deux sur la balançoire*, pièce de William Gibson adaptée par Jean-Loup Dabadie.

J.-L. T. : J'avais vu la pièce jouée par Nicole Garcia et Jacques Weber, et ils allaient arrêter les représentations au théâtre de l'Atelier parce que lui venait d'être nommé directeur du théâtre de Nice. Je me suis proposé pour reprendre son rôle. Nicole Garcia était d'accord, et, quelques mois plus tard, nous débutions sur la scène du théâtre de la Madeleine. Ce fut une grande joie de me retrouver sur les planches. La pièce n'était pas géniale, mais Jean-Loup Dabadie avait écrit une magnifique adaptation. Et puis, Nicole Garcia était prodigieuse. J'adorais qu'elle me domine, être en quelque sorte sous ses ordres. Nous n'avions pas beaucoup répété et c'est elle qui me mettait en place pendant que nous jouions ! Ainsi, de nombreuses scènes comportaient des coups de téléphone — c'était une pièce américaine très moderne —, et c'est Nicole qui me faisait comprendre que je devais téléphoner ! J'ai beaucoup aimé ces moments-là parce que, la pièce n'étant pas un chef-d'œuvre, on pouvait se le permettre. Cela donnait même une certaine distance par rapport au texte. On pouvait s'amuser à cela, ce qui aurait été par exemple impossible dans une pièce de Racine. Mon plus grand plaisir était d'être acteur et, en même temps, d'être spectateur de Nicole Garcia que je trouvais sublime.

A. A. : Pour être spectateur, il fallait que tu sois extérieur à ton rôle ?

J.-L. T. : Par moments, je l'étais. Ce qui me permettait de l'écouter avec intensité. J'ai rarement eu l'occasion d'étudier une comédienne pendant qu'elle jouait. Mon interprétation n'était certes pas formidable, mais je trouvais le résultat quand même bien.

« Hamlet » ou les clés du théâtre

A. A. : Les conditions de travail furent différentes lorsque tu as repris, en 1996, *Art* de Yasmina Reza. À la création, le rôle était tenu par Fabrice Luchini. En fait, ce n'était pas une reprise, mais une nouvelle création. Ton personnage, tel que tu le jouais, n'avait plus les mêmes motivations. Par ton interprétation, tu as changé le sens même de la pièce.

J.-L. T. : Ça paraît un peu prétentieux, mais je crois que c'est vrai. Fabrice Luchini est un comédien qui pense beaucoup à lui, c'est-à-dire plus à briller qu'à servir ses personnages. Il manquait d'humilité vis-à-vis de son rôle. De ce fait, il a un peu faussé l'esprit de la pièce. Cela dit, il a obtenu un énorme succès. Peut-être était-il génial !

A. A. : Je crois qu'il faut préciser que dans *Art* le personnage créé par Luchini et recréé par toi est un homme qui achète très cher un tableau monochrome blanc, et il est fier de le montrer à ses amis. Ces derniers trouvent le tableau nul et sont choqués que l'on puisse mettre une telle somme d'argent dans une toile de cette sorte. La grande différence dans vos deux interprétations, c'est que Luchini, lorsqu'il voyait que ses amis désapprouvaient son achat, jouait la provocation. Alors qu'avec toi le personnage paraissait totalement sincère et souffrait des railleries provoquées par cette acquisition.

J.-L. T. : Pourquoi Luchini jouait-il ainsi ? Parce que c'est l'histoire d'un type qui achète deux cent mille francs un tableau blanc. Le public rigolant de lui, Luchini ne pouvait le supporter. Il refusait qu'on se moque de son personnage. Il voulait avoir le public pour lui et jouait la provocation auprès de ses amis. J'ai pris l'option inverse en jouant ce rôle. C'était un homme qui, souffrant que ses deux camarades et le public le mettent en boîte, avait réellement mal et défendait son acquisition. Cela étant précisé, il ne fallait surtout pas que l'on prenne cette pièce comme une critique de l'art moderne. Ce serait un peu réducteur de penser cela. Dans la peinture contemporaine, s'il existe comme partout ailleurs des imposteurs, il y a un grand nombre de peintres, même si on ne les comprend pas, qui sont très intéressants. Lorsque j'étais enfant, j'ai entendu des gens dire à propos du Picasso de l'époque cubiste : « C'est nul ! J'en ferais autant ! » On n'a pas le droit de dire des choses pareilles. Et des monochromes, il y a des amateurs qui adorent. Comme Claude Berri qui avait, d'ailleurs, été révolté par la pièce.

A. A. : Je me souviens des premières représentations, à Lyon, lorsque tu as repris le rôle ; tu m'as dit, après avoir joué une dizaine de fois : « Je commence à faire des progrès. »

J.-L. T. : C'est toutes les fois la même chose, les mêmes sentiments. Au tout début, je ne me sens pas bien du tout, et au fil des jours je progresse et je suis mieux. Je suis rarement prêt les premiers jours. C'est un peu malhonnête vis-à-vis du public, mais cela me laisse une marge de progression. Je préfère partir un peu en retrait et être de mieux en mieux. L'idéal... serait d'arrêter lorsqu'on ne progresse plus.

A. A. : Comment sait-on qu'on progresse ?

J.-L. T. : Au début, on a tendance à jouer trop en force, alors qu'il faudrait avoir un certain détachement, mettre moins d'énergie. C'est pour bien faire, mais c'est contraire au rôle et à la pièce. Ça alourdit le jeu. Il faudrait que l'acteur puisse s'étonner lui-même de ce qu'il dit. Et on ne peut être dans cet état d'esprit qu'en ayant beaucoup travaillé un texte. Et beaucoup joué ! C'est en jouant qu'on progresse, lorsqu'on reçoit une réponse du public. Si l'on doit provoquer le rire, il faut faire attention. Ne pas chercher à être drôle. Souvent, les comédiens ont tendance à penser que c'est leur jeu qui fait rire, alors que le public s'amuse du texte et de la situation que l'auteur a inventée. Cela paraît évident, mais souvent le comédien en rajoute tellement que le comique disparaît. Nous sommes tous sensibles aux réactions du public. On peut se tromper, l'important est de se remettre en question.

A. A. : Lors de la dernière pièce que tu as jouée au théâtre Hébertot, *Comédie sur un quai de gare* de Samuel Benchetrit, avec ta fille, tu me disais : « Les après-midi on répète, et le soir on joue. Ça continue comme ça chaque jour. »

J.-L. T. : Après une représentation, il me semble bon de se revoir le lendemain et de retravailler à partir des réactions du public. On fouille mieux la pièce. Quand on répète, on peut prendre des risques, on peut essayer des choses nouvelles, il n'y a personne. C'est pour cela que j'aime ce travail. Mais il ne faut pas exagérer, pour *Comédie...* on ne répétait pas tous les jours lorsqu'on jouait. Mais on a tout de même travaillé pendant plus d'un mois après le début des représentations. Ensuite, on se réunissait un jour par semaine, et on continuait à répéter. Même à la centième ! Et on trouvait toujours des choses intéressantes. Samuel Benchetrit, qui assurait aussi la mise en scène, a réécrit certaines parties de la pièce grâce à ce travail. Et lorsque nous jouerons en tournée, ce ne sera pas exactement la même pièce que celle que l'on a pu voir à Paris.

A. A. : Tu connais beaucoup d'exemples de comédiens qui jouent et répètent le lendemain ?

J.-L. T. : Je ne sais pas. Je pense qu'il y en a. Moi, je l'ai souvent fait. C'est une méthode de travail non pas que j'impose, mais que j'essaie d'obtenir. C'est tellement exceptionnel de jouer au théâtre, ce serait dommage de ne pas en profiter pleinement. Si l'on a la chance d'avoir un succès, pourquoi ne pas essayer de l'amener un peu plus loin, de l'améliorer si c'est possible ? Parce qu'on n'est jamais à fond. On peut toujours faire un peu mieux.

A. A. : Le fait de jouer avec Marie te procurait une émotion plus grande que s'il s'était agi d'une autre comédienne ?

J.-L. T. : Oui. D'autant plus que l'histoire était celle d'un père et de sa fille ! Ce fut formidable ! J'ai une complicité magnifique avec Marie. Je ne sais pas s'il y a des gens qui connaissent un rapport aussi riche avec leur fille. Parce qu'elle est merveilleuse, Marie. Et dans la vie, et comme comédienne où elle ne cesse de faire des progrès. Tout cela me procure un bonheur extrême.

A. A. : Lorsque vous jouez ensemble, ton autorité de père s'exerce-t-elle sur sa manière d'aborder son rôle ? Tu la conseilles ?

J.-L. T. : On se donne des conseils. Elle m'en donne aussi, et de très pertinents ! Entre nous deux, il y a un peu le rapport que l'on a avec ses vieux parents. Il existe un moment où le père possède l'autorité sur sa fille, et puis, lorsque l'enfant devient adulte, le père perd de cette autorité, et, peu à peu, il devient presque le fils. Ce sont des relations qui me touchent beaucoup. Souvent, je considère Marie comme ma mère, et elle me parle comme si j'étais son fils. Nous avons maintenant une relation dans les deux sens : de fille à fils, et de père à fille. J'ai l'impression que dans cette pièce, *Comédie sur un quai de gare*, ce charme a opéré et que le public, instinctivement, l'a ressenti.

6

Une carrière italienne

André Asséo : Après l'aventure *Hamlet*, deux années passent et tu reprends le chemin des studios avec le même Roger Vadim.

Jean-Louis Trintignant : Roger Vailland avait adapté *Les Liaisons dangereuses*. J'ai bien aimé ce film parce que j'y ai connu Jeanne Moreau au sommet de son art, et aussi parce que j'ai eu la joie de revoir Gérard Philipe qui, lui, au contraire, se trouvait dans une période... fermée. On dit cela d'un vin, parfois. Lorsqu'il est très jeune et qu'on le boit tout de suite, il peut être délicieux, mais après deux ans il se ferme, et ce n'est que trois ou quatre années plus tard qu'il s'ouvre à nouveau pour être encore meilleur. J'ai connu aussi, au cours de ce tournage, Boris Vian. Il n'était pas particulièrement comédien, mais un artiste magnifique qui a marqué son époque à Saint-Germain-des-Prés. Il était poète, écrivain, mais aussi musicien et chanteur. Tu sais que les dernières paroles du *Déserteur* sont :

> *Si vous me poursuivez*
> *Prévenez vos gendarmes*
> *Que je n'aurai pas d'arme*
> *Et qu'ils pourront tirer.*

Ces vers lui ont été imposés par la censure. La véritable version était :

> *Si vous me poursuivez*
> *Prévenez vos gendarmes*
> *Que je possède une arme*
> *Et que je sais tirer.*

Gérard Philipe et Boris Vian sont morts exactement au même âge, à trente-neuf ans, peu de temps après avoir tourné le film de Vadim.

A. A. : Aussitôt après, ta « campagne d'Italie » commence avec *Un été violent* sous la direction de Valerio Zurlini.

J.-L. T. : C'était un étonnant personnage, qui n'a tourné que huit films en vingt ans. Zurlini est rapidement devenu un ami. Il n'avait que cinq ou six ans de plus que moi, mais très vite il m'a considéré comme son petit frère. Il a voulu que j'habite chez lui, me confiant les détails de sa vie. Il était critique d'art, très fin et cultivé, assez fort et costaud. On dit qu'il était le fils naturel de Mussolini. C'est vrai qu'il ressemblait énormément au Duce. Comme le dictateur, il était né lui aussi à Rimini. Et comme beaucoup d'Italiens après la guerre, il devint communiste. C'était aussi un grand menteur qui vivait avec deux femmes. Chacune d'elles ignorait la présence de l'autre. Il faisait deux repas à midi et deux le soir. Il arrivait dans la nuit, repartait, allait chez l'autre. Une vraie double vie ! Difficile à assumer ! Jusqu'au jour où l'une des deux femmes a appris la vérité et est partie. Valerio est alors tombé fou amoureux d'elle, a tout essayé pour qu'elle lui revienne. Il n'y est pas parvenu et s'est suicidé. Pas d'un seul coup.

Devenu complètement alcoolique, il est mort à moins de cinquante ans. Son suicide a duré deux ou trois ans.

A. A. : Zurlini fut donc ton premier réalisateur italien. D'autres ont suivi, comme Bertolucci, Scola, Risi, Comencini. Comment expliquer cet attrait de l'Italie, cette vingtaine de films avec les plus grands metteurs en scène, alors qu'en France tu n'étais connu que par *Et Dieu créa la femme* ?

J.-L. T. : C'est vrai, j'ai beaucoup tourné en Italie, où les vedettes s'appelaient Mastroianni, Gassman, Sordi, Tognazzi. La première raison est qu'on ne me proposait pas grand-chose d'intéressant en France. Ensuite, *Un été violent* de Zurlini a été un film très remarqué. Enfin, mon deuxième film fut un énorme succès : c'était *Il Sorpasso*, en français *Le Fanfaron*, de Dino Risi, d'après un scénario et des dialogues d'Ettore Scola, qui n'était pas encore metteur en scène. Ce fut l'un des plus grands succès du cinéma italien. Nous étions en 1962, et j'eus vraiment beaucoup de chance d'avoir ce rôle aux côtés de Vittorio Gassman. Au départ, c'est Jacques Perrin qui devait le jouer. L'histoire se déroule un 15 août, jour de fête très important en Italie. Toutes les villes se vident, Rome est complètement désert. Le personnage interprété par Vittorio Gassman cherche un téléphone, mais il ne trouve pas un seul bar ouvert, et à l'époque les cabines téléphoniques étaient rares. Il voit alors un jeune étudiant à sa fenêtre resté à Rome pour travailler et préparer ses examens. Le film est l'histoire de la journée entre ce type très hâbleur, le Fanfaron, et le jeune homme. Donc, comme c'est le cas souvent au cinéma, le film n'a pas pu commencer comme prévu le 15 août. Le travail a débuté avec les doublures de Gassman et de Jacques

Perrin qui devait interpréter l'étudiant. Les retards s'accumulant, le tournage ne commença que fin septembre. Mais à cette date-là Jacques Perrin n'était plus libre. La production a alors cherché un acteur ressemblant à la doublure de Jacques Perrin. Et c'est ainsi que je fus engagé. Lorsque j'ai lu le scénario de Scola, j'étais emballé ! C'était magnifique, drôle, simple et émouvant.

A. A. : Le succès du film revient aussi au talent de Vittorio Gassman.

J.-L. T. : Gassman était surtout connu pour être un acteur romantique. Là, il s'est amusé, pour la première fois, à jouer un personnage totalement éloigné de sa personnalité : un grand con ! Il semblait que ce soit un rôle pour Alberto Sordi dont c'était la spécialité d'incarner des grands cons sympathiques ! Lorsque *Le Fanfaron* a obtenu le succès que l'on sait, Sordi, furieux, a déclaré : « Je croyais que Gassman était un ami ! Il a copié mon personnage ! C'est un homme malhonnête ! Je le déteste ! » Les journalistes sont allés ensuite voir Gassman qui, très intelligemment, a répondu : « J'ai une grande admiration pour Sordi, et ma seule ambition était de faire aussi bien que lui ! »

A. A. : Il y avait au moins un point commun entre Gassman et toi, c'est que tous deux travailliez *Hamlet* en même temps.

J.-L. T. : Gassman ne jouait pas les pièces, mais des extraits de pièces dont il faisait un spectacle. C'était un acteur très populaire. Pendant le tournage, il a donné un soir une représentation à Viareggio et m'y a emmené. Il faisait un numéro incroyable, un peu cabotin, mais très intéressant. Il arrivait par le fond de la salle et s'écriait : « Amici Romani ! Compatrioti... » C'était le discours de Marc Antoine dans *Jules César* de Shakespeare. Le public était impressionné. Gassman leur assenait la culture !

A. A. : Le succès du *Fanfaron* a déclenché de nombreuses propositions en Italie ?

J.-L. T. : Oui, mais je n'ai jamais voulu faire une carrière italienne. Je retournais toujours en France, et je n'ai jamais interprété deux films de suite en Italie. Le fait d'avoir participé à un gros succès me permettait d'accepter des rôles sans trop penser au résultat. Et j'ai subi quelques échecs. Cela explique que je ne sois pas devenu une vedette. J'ai tourné souvent au sentiment, à la sympathie. Mais je ne voulais pas devenir un acteur italien, comme ce fut le cas pour Jean Sorel ou d'autres comédiens français qui ont été totalement oubliés chez nous.

A. A. : Le fait qu'à l'époque le son direct n'existait pas en Italie te gênait ?

J.-L. T. : J'aimais beaucoup, dans le cinéma italien, tout ce qui était plastique : la photo, les décors, les maquillages... Tout cela était vivant, intéressant. Par contre, le son était complètement négligé. Ils s'en fichaient, je ne sais pas pourquoi. Même Federico Fellini tournait sans le son. Souvent, les dialogues n'étaient écrits qu'après. Sur le plateau, les acteurs n'avaient pas de texte à jouer, et disaient : « Uno, due, quatro, cinque... » On enregistrait ensuite les dialogues dans un auditorium. Ils avaient un mépris total pour le son. Ils ne travaillaient que l'image qui, elle, le plus souvent, était magnifique. Tout cela me frustrait et ne me plaisait vraiment pas. À l'époque, de nombreux acteurs étrangers tournaient en Italie.

La langue importait peu. Nous étions en pleine vogue des « westerns spaghettis », avec notamment Clint Eastwood qui ne parlait pas un mot d'italien.

A. A. : Tu as cité le nom de Fellini. Est-il exact qu'il t'avait proposé de tourner dans *Casanova*, et que tu as refusé ?

J.-L. T. : Je l'aurais fait volontiers, mais il me fallait être libre pendant un an. Ce qui m'était impossible, car j'avais d'autres contrats déjà signés.

A. A. : La légende dit qu'il a choisi Donald Sutherland pour le rôle de Casanova parce qu'il détestait cet acteur.

J.-L. T. : Non, je ne le crois pas. Fellini était un homme très brillant, très intelligent, et qui avait le goût des paradoxes. Il aimait choquer. Il a très bien pu émettre cette opinion sur Donald Sutherland pour rigoler, au cours d'une soirée.

A. A. : C'était, comme tu l'as souligné, la mode des westerns italiens, et justement tu en as fait un, *Le Grand Silence*.

J.-L. T. : Je me suis passionné pour un producteur que je trouvais très sympathique. Nous avions à peu près le même âge, et j'avais tourné pour lui dans un film plutôt difficile qui n'a pas marché. Comme ce producteur n'était pas très riche, cet échec l'a ruiné. Je lui ai alors proposé de faire un western pour qu'il puisse se refaire. Les westerns rapportaient beaucoup d'argent, mais je les trouvais trop bavards. Un tas de paroles sans grand intérêt ! Mon producteur, heureux de ma proposition, est arrivé six mois plus tard avec le scénario du *Grand Silence* dans lequel je devais jouer le rôle d'un muet. Il a choisi un metteur en scène très commercial, Sergio Corbucci, qui a décidé de tourner dans la neige à Cortina d'Ampezzo, une station de sports d'hiver à 3 000 mètres d'altitude. L'action se passait à la fin du siècle dernier où un tueur éliminait d'autres truands. Nous étions habillés en cow-boys, et on tournait au milieu des touristes, sur les pistes de ski. Mon partenaire était Klaus Kinski. Il était le méchant, et moi le bon. Ce qui correspondait à nos physiques respectifs. Je ne sais pas si son personnage avait déteint sur lui, mais il a été odieux avec toute l'équipe du film. Comme il arrivait deux jours après moi à Cortina d'Ampezzo, je suis allé le chercher à la gare avec un chauffeur de la production. Il est arrivé avec une énorme quantité de bagages ; le chauffeur croulait sous le poids des valises. Alors Kinski l'a insulté, puis giflé. Le chauffeur ne pouvait pas se défendre. Il a alors laissé tomber les valises, a poursuivi Kinski, qui criait : « Ne me frappez pas ! Je suis un lâche ! » Il fut abject ! Chaque jour, comme nous tournions dans la neige, un membre de l'équipe amenait des pâtes et les faisait cuire pour tout le monde. Kinski, à la surprise de tous, annonça que les pâtes du lendemain, c'est lui qui les ferait ! Et il est arrivé avec ses deux kilos de pâtes et a commencé à les faire cuire. Puis il en a goûté une ou deux, a allumé une cigarette, a fait une grimace, et a éteint son mégot dans le plat. Il affichait sa volonté de se rendre antipathique. Tout le monde, sur le tournage, l'a détesté. D'ailleurs, le documentaire de Werner Herzog sur le tournage de ses films avec Klaus Kinski est inouï ! Kinski se battait avec tout le monde, l'ingénieur du son, le directeur de la photo. Il cassait le matériel ! Il y a un moment extraordinaire où des Indiens travaillant dans le film *Fitzcarraldo* proposent à Herzog de le tuer : « On s'est organisés ! Tu t'occupes de rien ! »

disent-ils à Herzog. Mais, finalement, il y avait entre le réalisateur et sa vedette des rapports ambigus, une sorte de haine teintée d'amour.

A. A. : Venons-en à l'un des films les plus marquants de cette période italienne : *Le Conformiste*, de Bernardo Bertolucci. Le thème en était le fascisme, et ton rôle semblait loin de correspondre à ta personnalité.

J.-L. T. : Le roman d'Alberto Moravia m'avait fasciné, mais le rôle que me proposait Bertolucci ne me plaisait pas trop. J'ai un peu connu Moravia, il avait une soif de vivre intensément. J'ai dîné un soir avec lui et d'autres amis : chaque soir, Moravia acceptait deux dîners, c'était son second. À la sortie du film de Bertolucci, il nous a dit : « C'est mieux que mon roman. » J'avais vu quelques films mis en scène par Bertolucci, en particulier *Prima della Revoluzione*. Un film sur Parme, très beau, et décadent. Je lui ai donc écrit, lui faisant part de mes doutes, tout en lui évoquant mon grand désir de tourner avec lui que je considérais comme l'un des réalisateurs les plus bouleversants du cinéma italien. Puis nous nous sommes vus, et il m'a convaincu que le plus intéressant, dans ce scénario, était tout ce qui était suggéré à travers le film, le non-dit. C'est pour cela que j'ai travaillé d'arrache-pied. C'est sans doute ce que j'ai fait de mieux au cinéma.

A. A. : *Le Conformiste* fut marqué par une douloureuse épreuve pour toi.

J.-L. T. : Nadine et moi nous avions loué un appartement à Rome pour deux mois, le temps du tournage. Nous avions deux enfants, Marie et une petite fille qui s'appelait Pauline. Un matin, alors que je partais tourner, je suis allé embrasser Pauline dans son berceau. Elle était morte. On n'a pas su comment. Le film a été interrompu quelques jours pendant lesquels Bertolucci fut très présent et adorable. Et le tournage a repris. Dans mon interprétation, quelque chose de complètement cassé et qui me dépasse donne à ce film une couleur tout à fait étonnante.

A. A. : Tu as l'impression que Bertolucci s'est servi de ta douleur ?

J.-L. T. : Les metteurs en scène se servent de tout ce que peut leur apporter un acteur, en bon ou en mal, en positif ou en négatif. Rien n'était important à côté de la mort de cette petite fille. Tout me semblait complètement dérisoire. Que me restait-il à faire ? J'en étais arrivé au point où je disais à Nadine : « Soit on se suicide, soit on accepte de vivre pour Marie. Il faut que cette épreuve nous apporte une plus grande générosité. »

A. A. : Aujourd'hui, avec le recul, tu considères toujours Bertolucci comme un immense metteur en scène ?

J.-L. T. : Oui, sûrement. Il avait, à l'époque, moins de trente ans, et était en pleine ascension. La période la plus intéressante d'un artiste se situe souvent avant qu'il soit reconnu. Bertolucci était, lors du *Conformiste*, au maximum de ses possibilités.

A. A. : Après le drame qui a marqué le tournage, tu as beaucoup parlé de l'humour qui, d'après toi, est l'une des armes principales pour vaincre la douleur. Et tu as cité une phrase de Boris Vian : « L'humour est la politesse du désespoir. »

J.-L. T. : Je ne suis absolument pas certain que ce soit Vian l'auteur de cette phrase. Mais, de toute façon, elle me convient. Boris Vian terminait souvent ses petits poèmes en précisant : « Et puis, vous pouvez toujours vous suicider ! » L'humour qui n'engage pas profondément une intention, je trouve qu'il ne faut pas en faire. C'est sans intérêt ; par contre, j'aime l'humour qui dérange, c'est le seul qui vaille la peine. Mais j'essaie de faire attention, parce que, souvent, je dis des choses... L'autre jour, un type très gentil, très doux, qui vend des motos, me propose un petit modèle pour lequel il n'est pas nécessaire de prendre une assurance. « Mais il est plus prudent d'en prendre une », ajoute-t-il. Je lui réponds que je n'en prendrai pas si ce n'est pas obligatoire. Le vendeur se récrie : « Ce n'est pas prudent ! Imaginez que vous renversiez un enfant ! — Dans ce cas-là, pas de problème, si je le renverse, je l'achève ! » (*Rires.*) Et puis, je suis parti. Samuel, mon gendre, qui était avec moi, me dit : « Tu ne devrais pas dire des choses comme ça ! J'ai senti le type devenir blême ! » Nous étions à une trentaine de kilomètres. On a fait demi-tour, et je suis allé revoir le vendeur à qui j'ai expliqué que je plaisantais et, donc, qu'il pouvait être rassuré. « Merci d'être revenu, me dit-il, vous me faites un bien fou... J'étais bouleversé ! »

A. A. : Pour revenir à Bertolucci, pourquoi avoir refusé *Le Dernier Tango à Paris* ?

J.-L. T. : Uniquement pour des raisons de pudeur physique. Sinon, le rôle me plaisait beaucoup. J'ai même travaillé à l'écriture du scénario avec Bertolucci. Je savais que ce serait trop difficile pour moi. Je n'aurais jamais osé être impudique pendant le tournage, et Bertolucci n'aurait pas pu faire son film comme il le souhaitait. Je l'aimais trop pour le brimer. C'est donc Marlon Brando qui a joué le rôle. Je le connaissais un peu, parce que Christian Marquand, mon beau-frère, était son grand copain.

A. A. : Autre réalisateur avec lequel tu as aimé travailler comme on l'a vu : Ettore Scola, scénariste du *Fanfaron* et metteur en scène de *La Terrasse*, *Passion d'amour* et *La Nuit de Varennes*. On peut dire qu'avec Scola ce fut la fin de la comédie à l'italienne.

J.-L. T. : *La Terrasse* en fut vraiment le film testament. Le public n'y fut pas sensible, ni en Italie ni en France. Les gens ne semblaient pas heureux de voir ce constat drôle et désespéré de la fin d'une époque. C'était un film interprété par les plus grands acteurs de la comédie italienne — manquait Sordi —, ce qui signifiait : « Voilà ! C'est fini ! Ce style de comédie que nous avons tant aimé, terminé ! » Ça, c'est vraiment de l'humour noir ! J'ai connu Gassman, Mastroianni, Tognazzi. Je n'ai pas connu Alberto Sordi. Il est le seul survivant de ce quatuor prodigieux. On les appelait « les quatre colonels ». Ils occupaient à eux quatre la moitié du cinéma italien, pendant les années 60 et 70. Les autres comédiens se partageaient l'autre moitié de la production. Ettore Scola les avait réunis pour *La Terrasse*. C'est Tognazzi qui est mort le premier. Il était le plus jeune des quatre. C'était un comédien extraordinaire. Il avait une imagination et une vérité incroyables. Il pouvait faire admettre les fantaisies les plus folles. Je le revois encore, un matin, pendant le tournage de *La Terrasse*. Il avait une chemise ouverte sur sa vieille poitrine. Il était bronzé. Il faisait froid. Ugo se gelait, mais il tenait à avoir l'air d'un séducteur. Cher Ugo, il n'a jamais fait pitié. Il est mort en pleine santé. Mastroianni, qui est parti le deuxième, a joué jusqu'à la fin. Il se savait perdu, mais il continuait. Tous ceux qui ont eu la chance d'approcher cet homme l'ont adoré. Marcello, c'était la tendresse, la modestie, la tolérance, la délicatesse. Et comme comédien, c'était une sacrée pointure, lui aussi. Puis Gassman a disparu. Je crois qu'il était fatigué. Il en avait marre. Il a été tellement gâté par la vie ! Il avait tout : il était grand, il était beau, il était fort. Il s'est amusé dans sa vie et dans son métier. Un type comme Gassman ne devrait jamais vieillir. Longue vie, M. Sordi ! Je ne vous connais pas, mais je vous admire. Vous êtes l'un des plus grands comédiens vivants. Ettore Scola était l'ami de ces gens-là. Il a toutes leurs qualités réunies. Quand je pense à lui, je me sens envahi par une immense tendresse. J'ai eu beaucoup de chance de connaître ces gens formidables. C'est aussi cela, le bonheur d'être comédien. Cette période italienne a beaucoup compté. D'autant que l'Italie est un pays tellement séduisant ! Il y a chez les Italiens une finesse, une chaleur et un humour !... Ils savent se moquer d'eux-mêmes et des choses sacrées dont ils ont pourtant le sens ! Quel paradoxe ! Il n'y a aucun pays européen où la religion ait autant d'apparat. Ils aiment cet apparat... et ils s'en moquent ! L'Italie est un pays d'artistes. Ils le sont et ils l'ignorent. J'ai connu un chef opérateur pour lequel j'éprouvais une grande amitié. Il était totalement inculte, et pourtant il avait le sens du beau. « Je ne connais rien en peinture, me disait-il, mais j'ai toujours vu autour de moi de belles choses. Alors, si j'ai du goût, je n'y suis pour rien ! » Il y a tellement de beauté partout ! Dans n'importe quel village, dans la campagne ! Et cette langue possède un charme, une musique ! Je me souviens du titre d'un film que j'ai fait avec Giulio Questi : *La morte ha fatto l'uovo — La mort a fait un œuf*. Un joli titre, non ? Ce Giulio Questi était un ami de Valerio Zurlini qui un jour m'a envoyé un télégramme dans lequel il parlait de ce metteur en scène en termes plus qu'élogieux : « Giulio Questi est un génie. Ne lis même pas le scénario. Fais le film. Signé : Valerio Zurlini. » J'étais assez impressionné, et une heure plus tard le téléphone sonnait. C'était Questi qui me proposait de faire un film avec lui. J'ai quand même lu le scénario, qui était bizarre mais intéressant. Et nous l'avons tourné. Ce fut un échec. Un jour, j'ai dit à Questi que Valerio Zurlini m'avait envoyé un télégramme enthousiaste à son sujet. Questi m'a regardé et, après un léger silence, m'a dit : « Je sais, c'est moi qui l'ai envoyé, ce télégramme » ! Ce Giulio Questi avait fait de nombreux films, ainsi que des westerns, qu'il signait d'un nom américain. Comme d'autres grands réalisateurs le faisaient à cette époque. Ils signaient Ben, Truc, Walter, etc. Ces films n'étaient pas parfaits. Mais quelle importance ! Ce que je retiens de cette époque, c'est l'invention, la générosité. Mastroianni me racontait : « Je rencontrais un type le vendredi, il me parlait de son scénario et il disait qu'on allait tourner le lundi ! » Les films se faisaient rapidement, ils n'étaient pas trop travaillés mais inspirés. Marco Ferreri faisait partie de cet univers. Mastroianni, qui était l'un de ses grands amis, me racontait que, lors du premier jour de tournage d'un film qui se passait à Milan, toute l'équipe s'était rendue sur un des plus hauts immeubles de la ville, et Ferreri avait jeté le scénario de la terrasse ! Il s'était écrié : « Maintenant qu'il n'y a plus de scénario, on va pouvoir tourner ! » C'était comme un rituel qui signifiait : À nous la liberté !

A. A. : Te souviens-tu du film de Dino Risi *La vie est belle* avec Alberto Sordi, sur la fin de la royauté ?

J.-L. T. : Magnifique ! C'est le film que Dino Risi avait tourné juste avant *Le Fanfaron*. Lorsque je suis arrivé en Italie, il n'était pas encore sorti sur les écrans, et Risi me l'avait montré en projection privée. C'était l'effondrement de la bourgeoisie italienne lorsque la république mit fin à la royauté. Le tout conté sur un air de comédie ! Ce fut une époque privilégiée pour le cinéma. Même les producteurs étaient téméraires, presque inconscients. On ne sentait pas chez eux le pouvoir de l'argent. Puis, peu à peu, le cinéma américain a envahi l'Italie, et les télévisions privées sont arrivées.

A. A. : Et ce cinéma florissant est devenu pauvre : de 700 millions de spectateurs par an, il est tombé, et avec une étonnante rapidité, à 120 millions.

J.-L. T. : La désaffection du public correspond à un changement de mode de vie. Plus les gens possèdent une voiture, une maison de campagne, moins ils vont au cinéma. Le boom économique, en France, a eu lieu dans les années 50, tandis qu'en Italie il ne s'est produit que dix ans plus tard. Il y avait donc davantage de public parce que, l'économie étant faible, les Italiens allaient plus souvent au cinéma. Le charme de ces comédies italiennes, c'était cette sorte d'insouciance, ou plutôt ce don : savoir se moquer de ses propres défauts, savoir se mettre en boîte.

7
1960-1997 : un parcours en France

André Asséo : Il est temps d'évoquer ta longue carrière française. Après les deux films avec Roger Vadim — *Et Dieu créa la femme* et *Les Liaisons dangereuses* — tu semblais être toujours considéré comme un jeune premier un peu timide, un « petit jeune homme de province ». Cette attitude provenait peut-être des contradictions qui existaient entre ton père et toi.

Jean-Louis Trintignant : Oui, c'est cela. Bien que mon père ait été socialiste, il n'était pas révolutionnaire pour autant. Par contre, comme la plupart des gens de mon âge, j'étais révolté face aux injustices de la société. Je pensais que tous ceux dont l'opinion n'épousait pas les thèmes de la gauche étaient des salauds. Ce qui était un peu simpliste et idiot !

A. A. : De quelle manière s'exerçait ta révolte ? Qu'est-ce qui la motivait ?

J.-L. T. : Un exemple auquel je m'identifie. J'avais un oncle qui était médecin à Oran. Un sale con. Le parfait colon dans toute son horreur. Je suis allé quelquefois en Algérie avec mes parents, et je le regardais vivre. Il méprisait vraiment les Algériens. Il s'engueulait sans cesse avec sa femme, qui était la sœur de mon père. Elle le contrait. Un jour, simplement pour l'embêter, elle est entrée toute nue dans la salle d'attente pour chercher une revue. Tu imagines le scandale ! Il l'a fait interner comme folle, et elle a fini sa vie dans un asile à Montfavet, à côté d'Avignon. Là où se trouvait aussi Camille Claudel.

A. A. : Qu'est-ce que ta révolte avait à voir avec ta timidité ?

J.-L. T. : Peut-être que les gens timides sont tellement retenus dans la vie quotidienne qu'ils observent davantage et sont plus attentifs à ce qui se passe autour d'eux. Ceux qui sont extravertis font beaucoup d'air et de bruit et n'ont pas le temps de regarder.

A. A. : Cette timidité a peu à peu disparu lorsque tu as fait ton entrée dans le clan Marquand qui comprenait, outre ta femme Nadine, deux comédiens, Christian, qui a disparu depuis, et Serge.

J.-L. T. : Sans oublier le père qui est mort et la mère qui vit toujours. Mme Marquand mère a quatre-vingt-dix-sept ans. C'est une vieille femme très attendrissante et un peu égoïste : pour arriver à cet âge, il faut être égoïste et savoir se ménager. La famille Marquand était merveilleuse, composée de gens qui possédaient une vraie générosité. Ils étaient ouverts sur tout. Ainsi, le père Marquand, qui se prénommait Jean et qui était l'âme de toute la famille, s'est rendu, après les événements de mai 68, à Matignon où avaient lieu les accords entre le gouvernement et les syndicats. Il s'est mêlé aux différents participants, et lorsqu'on lui a demandé : « Qui êtes-vous, monsieur ? » il a répondu : « Je suis Jean Marquand. » Il y avait tellement de monde que personne n'a cherché à en savoir plus. Il s'est assis, a écouté sans intervenir, a assisté à toutes les réunions, et ainsi participé aux accords de Matignon. Comme Jean Marquand était un homme qui aimait savoir, il expliquait que le meilleur moyen de satisfaire sa curiosité était de voir comment les choses se passaient, plutôt que d'apprendre les nouvelles dans les journaux où la vérité est toujours plus ou moins transformée. Il pensait que rien n'est impossible lorsqu'on ne cherche pas à blouser les gens ou à profiter d'eux. Il était spectateur parce que ça l'intéressait. Rien ne l'impressionnait. Ainsi, lorsqu'on lui demandait s'il connaissait Aragon, il répondait : « Oui, je le connais. Lui ne me connaît pas bien. Lorsque je le croise dans la rue, je le salue. Et il répond à mon salut, un peu gêné. » Il saluait Aragon parce qu'il avait lu certains de ses livres et qu'il trouvait que cet écrivain était important. Jean Marquand a toujours vécu d'une façon insolite, un peu incroyable. Lorsqu'ils étaient jeunes, Jean et Lucette Marquand habitaient à Marseille. Il avait édité un annuaire... oui, on peut appeler « annuaire » ces trois ou quatre feuilles comportant les noms des commerçants de son quartier qu'il distribuait aux passants. Puis il a étendu cette idée sur tout Marseille et ensuite dans toute la France. Il envoyait cet annuaire contre remboursement. Les gens croyaient que c'était édité par les PTT et ils l'achetaient. Une fois par semaine, toute la famille se rendait à la Poste pour ramasser les mandats qui étaient arrivés. Ils allaient alors faire la fête selon ce qu'ils touchaient. Tu te rends compte, le père, la mère et leurs six enfants ! C'est magnifique que des gens vivent comme ça ! Une insouciance, un bonheur, une joie de vivre ! Et tous les enfants avaient cette folie !

La passion tranquille

A. A. : Bien que le père ne soit pas dans le milieu artistique, Nadine, Christian et Serge ont fait carrière dans le cinéma. Christian, en particulier, fut ton partenaire dans *Et Dieu créa la femme*.

J.-L. T. : Ils étaient très ouverts aux arts. Lorsqu'ils voyaient des jeunes sans le sou, ils les aidaient. Ils étaient d'une superbe générosité. Beaucoup de gens ont vécu chez eux : Vadim, Robert Hossein, et des dizaines d'autres. Certains sont devenus célèbres, d'autres pas. Mais quelle importance !

A. A. : Ta carrière cinématographique a débuté par quelques rôles secondaires, dont celui que tu as obtenu en 1960 dans *Austerlitz* d'Abel Gance. Aux côtés de Pierre Mondy, qui interprétait Napoléon, se trouvait une pléiade d'acteurs, dont Michel Simon.

J.-L. T. : Il me plaisait énormément. C'était l'un des acteurs qui m'impressionnaient le plus. Je l'ai malheureusement connu un peu tard. Il était obsédé par un certain shampooing qui lui occasionnait des boutons. Il en parlait sans cesse. Louis Jouvet était aussi dans son collimateur. « C'était un imbécile, disait-il, qui payait plus cher un acteur qui avait moins de talent que moi ! » Il voulait parler de Pierre Renoir. Seul Jean Vigo, avec lequel il avait tourné *L'Atalante*, trouvait grâce à ses yeux. Vigo était un metteur en scène qui le laissait improviser en indiquant une situation, et rien d'autre. Il ajoutait : « Dites ce que vous voulez. Faites comme si cela vous arrivait. Ce sera toujours mieux que ce que j'ai écrit ! »

A. A. : Enfin, en 1961, tu fais une vraie rencontre avec un personnage, dans *Le Combat dans l'île* d'Alain Cavalier que tu connaissais depuis tes études à l'IDHEC.

J.-L. T. : Nous étions très liés, on passait des vacances ensemble. Nadine était très amie avec sa femme. De plus, Alain et moi avions une réelle ressemblance physique. Lorsqu'il a écrit son premier scénario, *Le Combat dans l'île*, il me l'a proposé en me disant : « Il y a deux rôles d'homme. Choisis celui que tu préfères. » L'action se passait pendant la guerre d'Algérie, et les deux personnages principaux étaient l'un de droite, l'autre de gauche. J'ai choisi l'homme de droite, parce que le rôle était plus intéressant et plus difficile, et finalement le plus spectaculaire des deux.

A. A. : Souvent le public ressent de la sympathie, de la tendresse pour un comédien en fonction des rôles qu'il interprète. Curieusement, tu n'as jamais hésité à jouer des personnages antipathiques.

J.-L. T. : J'avais fait la même remarque à Jean Carmet qui était très populaire. Nous ne nous sommes pas quittés pendant un mois et demi, lors du tournage du film de Jean-Claude Carrière, *La Controverse de Valladolid*. Je m'étonnais de sa popularité, alors même qu'il avait joué des salauds, des personnages horribles, des violeurs comme dans le film d'Yves Boisset *Dupont Lajoie*. Il m'avait répondu : « Je me rattrape dans les interviews ! » C'est vrai qu'il était fin, sympathique, et tellement généreux. Il adorait les aphorismes. Il disait : « Un type qui pense qu'il est arrivé, c'est qu'il n'allait pas bien loin ! » Il était l'ami que chacun voudrait avoir.

A. A. : Certains comédiens refusent de jouer des salauds sous prétexte de ne pas choquer « leur » public. Comme si le public leur appartenait ! Je ne t'ai jamais entendu dire « mon public ».

J.-L. T. : Parce que je ne l'ai jamais pensé.

A. A. : Alain Delon dit souvent « mon public »...

J.-L. T. : Oui, mais il fait un autre métier !

A. A. : Revenons au *Combat dans l'île* d'Alain Cavalier. Il s'agissait de son premier film, supervisé par Louis Malle. Trois anciens de l'IDHEC se retrouvaient donc.

J.-L. T. : Louis Malle avait atteint une certaine notoriété grâce au *Monde du silence* avec le commandant Cousteau, mais surtout avec les réalisations d'*Ascenseur pour l'échafaud*, *Les Amants* et *Zazie dans le métro*. Âgé de trente ans à peine, il avait profité de ses réussites — et de sa fortune personnelle — pour produire le film de son ami Alain Cavalier. Louis Malle a aussi aidé beaucoup d'autres jeunes réalisateurs. C'était vraiment un type bien.

A. A. : *Le Combat dans l'île* fut ton premier film politique — il y en aura d'autres dans ta carrière ! —, et tu as déclaré, à l'époque, qu'enfin tu avais réussi à dominer un personnage.

J.-L. T. : Pas complètement. Il y eut des moments où j'étais moins bien. Alain Cavalier, dans ces cas-là, fut dur envers moi, peu amical dans ses remarques. Par exemple, il y avait une scène où je m'étais réellement déchiré, où j'étais allé chercher des sentiments intérieurs qui me faisaient mal. À la fin de la prise, Alain m'a dit simplement : « Ferme la bouche, elle est trop ouverte ! » Ça m'avait complètement démoli, surtout venant d'un ami si proche. Au fond, cela devait signifier que je n'étais pas bien. Peut-être que j'avais effectivement la bouche trop ouverte, et que sa remarque correspondait à une idée esthétique. Ou alors cette phrase n'était faite que pour me déstabiliser, car il s'était rendu compte que je m'étais fait mal en jouant... Je ne sais pas. Aujourd'hui encore je me demande pourquoi il m'a dit ça. Mais c'est vrai que les metteurs en scène ont tous les droits. Peut-être faut-il faire mal à ses acteurs pour en obtenir le maximum, peut-être faut-il leur faire du bien. Claude Chabrol, à mon avis, est un grand directeur d'acteurs, parce qu'il connaît exactement l'état où son comédien doit se trouver dans telle scène.

A. A. : Pour revenir à Alain Cavalier, sa carrière a maintenant bifurqué vers une rigueur dont la pleine réussite fut *Thérèse*.

J.-L. T. : Mais avant ce virage, il avait réalisé des films totalement intégrés au système commercial. L'exemple de *La Chamade* d'après le roman de Françoise Sagan, avec Catherine Deneuve et Michel Piccoli, en est la meilleure preuve. Et puis, je crois qu'il a été écœuré par l'univers parisien. Il a ensuite dirigé sa carrière dans un sens diamétralement opposé. Alain Cavalier vit d'une manière très austère. Il habite une chambre de bonne, n'a pas de voiture, et a renoncé à l'argent. J'éprouve une grande tendresse fraternelle pour cet homme. Je trouve sa démarche magnifique. C'est un véritable artiste. C'est lui qui a raison !

A. A. : Très longtemps après lui, tu as pris aussi ce chemin de rigueur.

J.-L. T. : Ce n'est pas comparable. À côté de cette sorte de retrait que s'est imposé Alain, le mien est un peu bourgeois et décadent. J'ajoute que cette démarche est plus facile lorsqu'on commence à vieillir. Alors qu'Alain a changé de cap il y a plus de trente ans.

A. A. : Après *Le Combat dans l'île*, tu n'as plus cessé de tourner. On compte dix films entre 1964 et 1965.

J.-L. T. : Oui, mais uniquement des petits rôles. Dans *Angélique* j'ai tourné deux jours, dans *Paris brûle-t-il ?* trois jours. J'aurais pu en faire quinze, et non dix ! La rencontre la plus intéressante fut celle avec Costa-Gavras lors de son premier film, *Compartiment tueurs*, où j'avais également un rôle secondaire. J'avais beaucoup apprécié en Costa son côté travailleur émigré. J'allais le retrouver lors de son deuxième film, *Z*.

A. A. : Ces deux occasions ont favorisé ton entrée dans le cercle Yves Montand-Simone Signoret.

J.-L. T. : Oui, c'était un couple qui possédait une belle maison à Autheuil où ils invitaient beaucoup d'amis. Très simplement, sans chichis. Nous passions, avec Nadine, de longs week-ends chez eux. J'étais très content de faire partie de cette famille.

A. A. : Les positions politiques prises et affichées par le couple ne te gênaient pas ?

J.-L. T. : Ils étaient sincères, c'était l'essentiel. Ils ne profitaient pas de la politique, ils en parlaient. Montand, surtout, parlait beaucoup. C'était un type attachant... parce qu'il était maladroit. Il avait une grande fraîcheur, un côté enfantin. Je les aimais bien, vraiment. Peut-être plus Montand que Signoret. Elle était certainement plus intelligente, mais un peu intellectuelle, toujours prête à compliquer les situations. Elle était parfois un peu... pesante. Elle disait à Montand : « Mais tu déconnes ! » et il répondait en souriant : « Oui, je déconne. » Et puis, Signoret buvait, beaucoup. C'est bien de boire, je ne suis pas contre. Je bois pas mal aussi ! Mais lorsqu'elle buvait, Signoret avait la lourdeur des alcooliques.

A. A. : Tu as ensuite tourné *La Longue Marche* avec Alexandre Astruc qui a dit en parlant de toi : « Trintignant est un jaguar toujours prêt à bondir, ne faisant patte de velours que pour mieux abuser son monde » !

J.-L. T. : « Jaguar », non, je dirais plutôt « chat ». Lui aussi est un félin, mais beaucoup plus petit. J'aime bien le mystère des félins qui ne montrent pas tout de suite leurs sentiments et étonnent par leur grâce et leur souplesse.

A. A. : Tu as toujours su conserver une ambiguïté. On s'est toujours demandé si, sous le vernis du jeune premier, tu étais vulnérable ou fort, timide ou audacieux...

J.-L. T. : La raison de cette ambiguïté est simple. J'ai toujours privilégié des rôles qui me sont étrangers. On m'a donc prêté des qualités ou des défauts qui n'étaient pas forcément les miens, que je possédais le temps d'un film, afin de devenir exactement le personnage. Ainsi dans *Flic Story*, de Jacques Deray, je joue un horrible tueur, Émile Buisson, qui a vraiment existé. Le temps de ce film, je ne suis certes pas devenu Émile Buisson, je n'ai tué personne, mais j'étais insupportable ! Invivable ! J'étais devenu un mec méchant, renfermé, ce que devait être Buisson qui a été battu dans son enfance et qui mordait parce qu'il avait peur... comme un chien ! Il m'est arrivé, pour certains rôles, de quitter ma famille et d'aller à l'hôtel. Sinon je sentais que je perdais mon personnage en rentrant à la maison pour me trouver confronté aux problèmes domestiques. J'ai passé quelquefois le temps complet d'un tournage dans les hôtels les plus impersonnels, des hôtels froids de quatre cents ou huit cents chambres. Tout cela pour rester dans l'univers de mon personnage. Je ne voulais voir personne. Sinon les gens m'auraient parlé à moi Trintignant, et non à Émile Buisson. À ce moment-là, j'aurais voulu être Émile Buisson, fréquenter des voyous...

A. A. : Mais tu ne deviens Émile Buisson que lorsque le metteur en scène dit : « Moteur ! »

J.-L. T. : Non, ce n'est pas possible ! Ou alors, c'est de la triche. Il faut être Émile Buisson tout le temps. On ne peut pas se marrer, discuter avec les copains, et puis parce qu'on entend « Moteur ! » devenir tout d'un coup Émile Buisson. Ce n'est pas pensable ! Pour moi, en tout cas ! Peut-être ne suis-je pas assez doué, peut-être certains acteurs y arrivent, mais moi non ! Lorsque j'allais à l'hôtel, je ne le racontais à personne. J'en parle aujourd'hui parce qu'il y a prescription, il y a plus de vingt ans de cela ! Je pense qu'un acteur ne doit pas parler de la façon dont il construit son rôle. Bien que ce soit cela qui intéresse les médias... J'ai joué aussi dans un film où je me suis rendu sourd. Ce n'est pas très difficile, il suffit de se mettre des boules Quiès ! Je sentais que c'était intéressant pour le rôle, je ne comprenais pas très bien quand on me parlait... Je ne l'ai dit à personne, même mes partenaires ignoraient que j'étais sourd.

Et même si, lorsque je quittais le tournage, j'enlevais mes boules Quiès, je restais un peu dans cette... opacité.

A. A. : Tout cela va à l'encontre de ce que Marcello Mastroianni disait de son métier.

J.-L. T. : Il disait que si on joue un boulanger, il n'est pas nécessaire de faire un stage dans une boulangerie. Il voulait expliquer que prendre les tics extérieurs d'un personnage, c'est sans intérêt. Ce qu'il faut, c'est y arriver par l'intérieur. Par exemple, j'ai revu dernièrement Al Pacino dans *Bobby Deerfield*, un film où il joue un pilote automobile. Je trouve que c'est un acteur « à l'épate », un peu extérieur. Dans ce rôle de pilote automobile, Al Pacino a piqué la démarche, les attitudes des pilotes professionnels. Ce sont des trucs extérieurs qui l'ont séduit. Par contre, lorsque De Niro prend vingt kilos pour incarner La Motta, ce qui est important et le rend crédible dans son interprétation, c'est qu'il a cherché le personnage de l'intérieur. C'est la différence que je fais entre ces deux acteurs. Si tu me dis que je suis de la famille de De Niro, ça me fait plaisir. Si tu me dis d'Al Pacino, ça ne me plaît pas du tout.

A. A. : Si je te compare à Mastroianni, ça te fait plaisir ?

J.-L. T. : Énormément ! Mastroianni, c'est une merveille. Tout son jeu était intériorisé.

A. A. : En suivant ton itinéraire, 1966 est une année capitale, celle où tu atteins le vedettariat avec *Un homme et une femme* de Claude Lelouch. Un film qui change le regard que les producteurs, les metteurs en scène et le public portent sur toi.

J.-L. T. : Ce fut une belle aventure, car le film a été tourné avec des moyens et un esprit d'amateur. Nous étions six ou sept sur le plateau, et chacun mettait la main à la pâte. Tantôt nous étions machinistes, tantôt nous portions les projecteurs. C'était du cinéma entre amis, et cela me plaisait beaucoup. Nous étions à Deauville, au moment même où Jean Delannoy dirigeait une importante production avec Gina Lollobrigida. Ils nous regardaient avec une certaine condescendance. Nous avions vraiment l'image d'amateurs en train de s'amuser. Et finalement Lelouch a réussi à faire de son film un succès mondial.

A. A. : Tu connaissais Lelouch avant le tournage ?

J.-L. T. : J'avais vu ses premiers films, en particulier *Une fille et des fusils* que j'avais beaucoup aimé pour la fraîcheur et la vigueur qui s'en dégageaient.

A. A. : Tu étais cependant loin d'être une vedette, puisque Jacques Demy te voulait pour partenaire d'Anouk Aimée dans *Lola* et que le producteur du film t'avait refusé.

J.-L. T. : C'est exact ! Le producteur de *Lola* disait : « Jacques Demy, c'est son premier film. Anouk Aimée est loin d'être une vedette et une actrice confirmée. Alors avec Trintignant, c'est vraiment trop ! »

A. A. : Parle-moi du tournage avec Lelouch : ne pas connaître les répliques de son partenaire, ignorer quelle est la vraie personnalité de celui à qui on parle... As-tu facilement adhéré à cette méthode de travail ?

J.-L. T. : C'était la première fois que j'entendais un metteur en scène diriger ses acteurs de cette façon. Il me prenait à part et me disait : « Puisque vous venez de vous rencontrer, tu vas lui parler de son mari, lui demander ce qu'il fait... » Anouk ignorait quelle serait ma demande, et moi je ne savais pas ce qu'elle allait me répondre. Cet exercice me convenait, bien qu'Anouk n'ait pas été très généreuse dans ses réponses, pas assez curieuse. Peut-être était-elle trop préoccupée par elle pour s'ouvrir et s'intéresser aux autres. Il faut, je crois, un appétit de la vie, un amour des gens pour faire avancer une telle méthode.

A. A. : Cet exercice d'improvisation permanente convient mieux à certains acteurs qu'à d'autres.

J.-L. T. : C'est sûr. Tu as raison. Je regrette d'avoir mal parlé d'Anouk. Elle a d'autres qualités. La preuve, quand le film est sorti, elle a obtenu un énorme succès. Mais les scènes où j'ai ressenti le plus grand plaisir, c'étaient celles avec les enfants. Ils ont une fraîcheur, un enthousiasme, c'est formidable !

A. A. : Lelouch travaillait déjà caméra à l'épaule.

J.-L. T. : Ça favorisait l'improvisation chez les acteurs. Parce que si on t'indique ta place avec précision, tu es obligé de répéter et de gommer ainsi toute spontanéité. Plus que sa virtuosité de cameraman, Lelouch voulait obtenir ce sentiment : que tout geste soit inventé sur le moment. C'est une performance difficile à réaliser, lorsqu'on connaît la lourdeur du cinéma. Pour faire un plan, même facile, il faut souvent une heure pour régler les problèmes techniques. *Un homme et une femme* a été tourné en trois semaines. Habituellement, la moyenne des tournages est de huit semaines.

A. A. : On s'enthousiasme aujourd'hui sur le travail « caméra à l'épaule » de Lars von Trier, beaucoup plus qu'on ne louangeait Lelouch pour cette même technique de travail.

J.-L. T. : D'autant que c'est plus simple de réaliser aujourd'hui ce genre de tournage. Car les caméras sont plus petites, plus légères, la pellicule plus sensible, ce qui permet de tourner avec moins de lumière. Dans les années 60, nous étions encore dans le passage entre le noir et blanc et la couleur. La pellicule noir et blanc étant très sensible, on pouvait tourner le soir dans Paris avec seulement les éclairages des rues. Cela donnait une image un peu sale, mais on voyait. Si on tournait la même scène en couleurs, on ne distinguait plus rien du tout. Alors Lelouch a tourné *Un homme et une femme* parfois en noir et blanc et d'autres fois en couleurs, expliquant que cela correspondait à l'état psychologique des personnages ou de l'histoire. La réalité était beaucoup plus simple. Il n'avait pas de projecteur, et peu de moyens. Et lorsqu'il faisait trop sombre, il tournait en noir et blanc pour impressionner la pellicule. C'était donc uniquement une question financière. Ce qui a donné au film un charme supplémentaire, et cette forme d'austérité qui a plu, particulièrement aux États-Unis. C'est comme pour la peinture naïve. Rousseau, c'est très intéressant, mais si, après, on ouvre une « école de peinture naïve », ce n'est plus de la naïveté !

A. A. : Du jour au lendemain, le couple que tu formais avec Anouk Aimée est devenu mythique.

1960-1997 : un parcours en France

J.-L. T. : Les personnages ne pouvaient qu'être séduisants tant ils paraissaient sans artifice. Il était normal que le public soit ému, touché. J'étais content d'être là, mais avec un autre acteur le résultat aurait été identique. Soyons francs : ce film a complètement changé ma vie. Les propositions ont afflué de partout. J'ai dû faire des choix dans lesquels j'ai manqué quelquefois de clairvoyance. J'aurais pu devenir un acteur beaucoup plus important. Mais j'ai fait les choix qui me plaisaient, au moment où j'avais envie de tourner tel ou tel film. Même si je me suis trompé, je suis heureux d'avoir refusé plein de rôles importants.

A. A. : Tu as refusé de tourner avec Coppola dans *Apocalypse Now*, avec Spielberg dans *Rencontres du 3ᵉ type*, avec Joseph Losey dans *The Servant*.

J.-L. T. : Je ne regrette rien. C'est bien comme ça. À cette époque-là, j'avais de nombreuses propositions en France, et je ne pouvais accepter tous les projets. Je ne vois pas pourquoi je serais allé tourner à l'étranger.

A. A. : Même avec des réalisateurs aussi prestigieux que Coppola ou Spielberg ?

J.-L. T. : Tu as raison, ils sont prestigieux ! Mais mes racines sont ici et non pas en Amérique.

A. A. : Un mot encore sur Lelouch, pour préciser que l'aventure ne fut pas sans lendemain, puisque tu as tourné cinq films avec lui, dont *Le Voyou* où tu interprétais un rôle de gangster.

J.-L. T. : J'ai beaucoup aimé tourner ce film. Je l'ai fait juste après *Le Conformiste* et avant l'échec du second *Hamlet* auquel je pensais beaucoup pendant le tournage. Cela a donné à mon rôle un style, une élégance et une distance qui servaient le sujet. Je trouve que *Le Voyou* est l'un des films de Lelouch les plus réussis.

A. A. : Pendant un long moment, tu as enchaîné les films les uns après les autres.

J.-L. T. : Oui, souvent je n'avais que de petits rôles, ce que j'ai toujours aimé faire. À cette époque-là, le système financier du cinéma fonctionnait sur les noms de quelques acteurs qui permettaient de « monter » le film. J'avais des amis metteurs en scène qui éprouvaient des difficultés à boucler leur budget, alors qu'il suffisait que je tourne deux jours avec eux pour que leur affaire se fasse. J'ai souvent participé à des productions pour cette raison. Lorsque j'ai accepté de tourner dans *Z*, ça relevait du même principe. Je n'ai pas été le seul à agir ainsi, car le film s'avérait très difficile à financer. *Z* était un sujet commandé par Costa-Gavras à Jorge Semprun, très proche lui aussi du couple Montand-Signoret. On a raconté que le film a connu d'énormes difficultés pour être « monté » en raison de ses résonances politiques. C'était faux. Même les gens de droite trouvaient le scénario passionnant. Tout le monde haïssait la dictature qui régnait en Grèce. Le principal handicap résidait dans la lecture du scénario, car il y avait énormément de personnages et on ne s'y reconnaissait pas en lisant le script. Le problème n'est plus le même en voyant le film parce que chacun possède une image différente, le visage d'un acteur. Mais lorsqu'on lisait le scénario, on ne savait plus qui était Valdo, ou Vlado, ou Nico. Le film, qui fut proposé à beaucoup de producteurs, a sans cesse été refusé, parce que jugé trop compliqué. Seul

Jacques Perrin, qui n'avait que vingt-sept ans, a décidé de le faire. Il n'avait pas d'argent personnel. Il est allé en Algérie et a obtenu l'essentiel du financement. Ce fut son premier film en tant que producteur. Le devis était tout de même très serré. Ni Perrin, ni Montand, ni Irène Papas, ni moi-même, n'étions payés. Nous étions seulement rémunérés au pourcentage. L'argent servait à assurer le minimum. Certaines scènes coûtaient cher : ainsi, sur une grande place — en réalité en Grèce, mais tournée en Algérie —, il y avait environ huit mille figurants, et cela plusieurs nuits de suite. Yves Montand jouait un leader politique de gauche qui avait été gravement blessé pendant un meeting. Tout le film tournait autour de cet événement. Profitant de cette cohue, Marcel Bozzuffi assommait d'un coup de matraque Yves Montand qui était au centre de la foule. La matraque était, bien sûr, en mousse. Après la première prise, Montand resta écroulé au sol en se tenant la tête. Bozzuffi s'approcha et s'inquiéta : « C'est pas possible, je n'ai pas pu te faire mal, Yves ! » Montand, tout en gardant sa position, lui dit : « Bien sûr que non ! Mais je ne veux pas que les figurants pensent que c'est trop facile ! » Si je raconte cette anecdote, c'est parce que je la trouve exemplaire de notre métier. Montand n'était pas un comédien particulièrement malhonnête, au contraire. S'il s'était relevé en rigolant, je suis certain que la plupart des figurants auraient été choqués et déçus. Costa-Gavras, à propos de mon personnage de juge, m'avait dit : « Il faut qu'il soit très effacé, timide. En fait, qu'on ne le voie pas du tout. » Lorsque le tournage s'est terminé, on a regardé les rushes et il m'a dit : « C'est sans doute de ma faute, mais ton juge, on ne le voit vraiment pas. Alors il va falloir retourner quelques scènes. » Mais il n'y avait pas assez d'argent pour cela. Costa a dû se faire une raison et a soupiré : « Bon, on fera avec ! » Finalement, une fois le film monté, ce petit juge pas très brillant a eu une importance capitale.

A. A. : Ce personnage médiocre, caché derrière ses lunettes noires, ne faisant aucun bruit, avait une efficacité d'autant plus redoutable que personne ne songeait à lui. Seul le jury du Festival de Cannes en décida autrement et te décerna le Prix d'interprétation.

J.-L. T. : Franchement, je ne pensais pas mériter un prix pour ce rôle. S'il fallait décerner une palme au film, il fallait la donner à Jacques Perrin. C'est d'ailleurs lui qui est allé la prendre, ce qui me faisait très plaisir, car je n'avais pas l'intention de me rendre à Cannes. Quant au Prix d'interprétation, il aurait fallu le donner à Yves Montand. Ça lui aurait fait tellement plaisir ! Il était très sensible aux honneurs.

A. A. : Toi, tu ne l'es pas du tout.

J.-L. T. : Je trouve que je fais un métier merveilleux, que je suis bien payé pour le faire, et j'estime un peu indécent qu'en plus on me donne des bons points. Il serait plus juste qu'on les offre à des gens qui font des métiers obscurs et plus difficiles.

A. A. : Ces bons points, comme tu dis, font partie du jeu. Pourquoi n'es-tu pas allé chercher ton prix à Cannes ?

J.-L. T. : J'étais à Paris, je regardais la télé. Lorsque j'ai entendu mon nom, j'ai vraiment été étonné parce que personne ne m'avait prévenu. De toute façon, le climat du Festival de Cannes ne m'est pas très sympathique. Cet esprit de compétition où les acteurs d'un film deviennent les concurrents d'un autre ! On ne devrait pas jouer ce jeu ! Il est impossible de comparer deux œuvres d'art qui possèdent chacune leurs propres qualités. Il est simple de distinguer les temps d'un coureur parce qu'on voit celui qui franchit le premier la ligne d'arrivée. Mais pour ce qui concerne le cinéma, ce n'est pas sérieux !

A. A. : Ton raisonnement signifierait la fin de toute compétition dans le monde du cinéma.

J.-L. T. : Concernant l'art en général, c'est vrai ! Pourquoi mettre en compétition des œuvres littéraires ou de la peinture ? C'est absurde ! Il paraît que cela favorise les entrées : c'est bien le seul intérêt qu'on puisse reconnaître à ces prix. Car que signifie de dire qu'un acteur est meilleur qu'un autre ? C'est vraiment ridicule !

A. A. : Il y a quelques années, dans *France-Soir*, un journaliste décernait des notes aux écrivains. Ainsi Victor Hugo, dont on avait réédité *Choses vues* — un livre magnifique — avait obtenu 18 sur 20. Cela signifiait « Peut faire mieux ».

J.-L. T. : Connais-tu le mot d'André Gide : « Le plus grand auteur français est Victor Hugo. Hélas ! » ?

A. A. : Toujours est-il que tu figures au palmarès du Festival de Cannes 1968 ! Quelle belle année ce fut pour toi, avec Z et également *Ma nuit chez Maud* d'Éric Rohmer.

J.-L. T. : Merci Lelouch ! Car ces deux films se situent deux ans après le triomphe d'*Un homme et une femme*. Si je n'ai pas été payé pour jouer dans Z, j'ai dû donner de l'argent pour le film de Rohmer, bien qu'il n'ait coûté que six cent mille francs. C'était d'une pauvreté inimaginable ! On ne tournait chaque prise qu'une seule fois ; il fallait vraiment qu'il y ait une catastrophe pour que l'on en fasse une seconde. Il n'y avait pas de champ/contrechamp. Le plus souvent, c'étaient de longues scènes avec des dialogues très fournis qui duraient trois minutes, la caméra filmant uniquement celui qui parlait. Rohmer avait réalisé son découpage avec une extrême minutie. On ne tournait que ce qui était utile.

A. A. : À tes côtés, dans *Ma nuit chez Maud*, il ne faut pas oublier Françoise Fabian, lumineuse dans cette histoire de cadre catholique qui remet son éducation en question tout en y restant attaché. Il semble que dans ton jeu, la personnalité de Rohmer apparaissait comme en transparence. Est-ce que tu imitais sa manière de parler ?

J.-L. T. : C'est vrai. Comme dans de nombreux films, le metteur en scène conçoit l'histoire par rapport à sa propre personnalité. Rohmer avait écrit ses dialogues en les ponctuant avec ses hésitations, son phrasé. Alors, forcément, j'étais obligé de penser à lui. Pas un seul personnage n'aurait parlé de cette façon. La musicalité de la voix de Rohmer ne ressemble à aucune autre. Mais je refuse le terme « imitation ». Je préférerais entendre « inspiration ».

A. A. : Habituellement, le metteur en scène se sert de la sensibilité du comédien. Dans ce film, c'est l'inverse qui s'est produit. Tu t'es servi de ton réalisateur ? !

J.-L. T. : C'est un peu vrai ! Une autre particularité de *Ma nuit chez Maud* était la présence du metteur en scène de théâtre Antoine Vitez qui fut un communiste très engagé, ancien secrétaire d'Aragon. C'était un homme intelligent, brillant et d'une grande culture. Dans le film, on parlait du pari de Pascal. J'avais une partie écrite — très écrite même — qui était l'idée catholique de Rohmer. Vitez, lui, n'avait pas de texte, et le dialogue consistait en un échange entre un point de vue chrétien et un point de vue communiste, matérialiste. Ce fut une expérience passionnante, et Rohmer avait eu un jugement d'une grande finesse en écrivant précisément mon texte tout en laissant Vitez improviser le sien.

A. A. : Une phrase m'avait beaucoup touché dans ce film. Françoise Fabian te disait : « Vous parlez de charité chrétienne, et moi je ne vous demande qu'un petit instant de tendresse. »

J.-L. T. : C'est vrai que beaucoup de gens parlent de charité, mais ne se comportent pas comme ils le devraient. Par exemple, Bertolucci que j'ai beaucoup aimé — on en a déjà parlé — était un homme très engagé. Il avait une vraie culture du communisme et des idées très précises sur le sujet. Or, dans la vie, il se comportait comme un type de droite, comme un fasciste. Quand on tournait *Le Conformiste*, nous faisions souvent des journées de quatorze ou quinze heures. Pour Bertolucci c'était intéressant parce que intense. Mais les machinistes arrivaient quelquefois à un degré de fatigue tel qu'ils ne pouvaient plus travailler. J'en ai fait un jour la remarque à Bertolucci, qui m'a répondu : « Écoute, ils ont une telle chance de tourner avec moi ! » C'est une réplique de fasciste !

A. A. : Encore un mot concernant Éric Rohmer. Après le tournage de *Ma nuit chez Maud* il a déclaré que tu étais « un acteur dostoïevskien où les zones de lumière succèdent aux zones de ténèbres, et où l'ange succède au démon ».

J.-L. T. : Ça me plaît beaucoup qu'il ait dit ça ! J'adore Dostoïevski, et c'est vrai que l'âme russe va vers les sentiments extrêmes. À une gaieté souvent exagérée, irraisonnée, succède un désespoir d'une grande noirceur. J'aime cette contradiction, car je trouve qu'il ne faut pas être tiède. Oui, cette définition de Rohmer à mon sujet est flatteuse ! J'aurais beaucoup aimé jouer un texte de Dostoïevski. Malheureusement ça ne m'est jamais arrivé. Dans un de ses romans, Dostoïevski raconte une histoire qu'il a vécue. Il était un petit fonctionnaire, pas bien dans sa peau ni dans la société russe, qui avait un but : se faire remarquer par un officier beau et brillant afin que cet homme, enfin, se rende compte que lui, Dostoïevski, faisait aussi partie de ce monde et existait. Un jour, dans un bistrot où l'officier jouait au billard, il s'arrêta face à lui. Pour faire un point, le bel officier dut se déplacer, trouva Dostoïevski sur son passage, l'attrapa par la taille et, sans lui jeter un regard, le souleva et le mit de côté. Puis il continua de jouer. Il n'avait mis ni méchanceté ni agressivité dans son geste. Dostoïevski se dit alors : « Je sais dans quel bureau il travaille à Moscou, je sais à quelle heure il sort. Je vais me poster sur le trottoir, devant lui, pour qu'il s'efface devant moi. » Et ça n'est jamais arrivé ! Ils se sont croisés des centaines de fois, et ce fut toujours lui, le petit fonctionnaire, qui s'effaçait. Je trouve cette histoire belle et subtile. Décidément, j'adore Dostoïevski ! L'enthousiasme et le désespoir, c'est cela l'âme russe.

A. A. : Nous parlions du Prix d'interprétation que tu as obtenu à Cannes pour Z, mais tu avais déjà remporté cette récompense à Berlin pour le film d'Alain Robbe-Grillet, *L'homme qui ment*, pour lequel tu avais collaboré à l'écriture.

J.-L. T. : Pas exactement. Robbe-Grillet m'avait demandé d'improviser certaines scènes, et il réécrivait ensuite le texte d'après ce que j'avais dit. C'est la seule expérience de ce genre que j'aie faite. J'aime beaucoup Robbe-Grillet, qui est un homme brillant, intelligent et très cultivé. En plus, il est drôle et possède un côté vulnérable, fragile, presque enfantin. Pourtant, il est obsédé par un érotisme très intellectuel dont il s'est fait une réputation, son érotisme n'ayant rien à voir avec ce que l'on fait aujourd'hui au cinéma. C'est un érotisme chic.

A. A. : Tu me dis que tu l'aimes « tendrement »...

J.-L. T. : C'est une distinction dans l'amour que je porte à certaines personnes. J'aime bien les gens, avec leurs faiblesses. Je ne les aime pas lorsqu'ils sont dominateurs. J'ai un faible pour ceux qui auraient dû avoir des réussites plus importantes s'ils avaient été plus égoïstes.

A. A. : Si un être faible te touche plus qu'un être fort, c'est parce que tu peux le dominer plus facilement ?

J.-L. T. : Pas du tout ! Je n'aime pas les gens qui ont des certitudes. J'aime les gens qui ont des doutes. Les hommes politiques ont des certitudes, mais ils sont payés pour ça ! J'aime bien les gens qui changent, mais de bonne foi. Sinon, je les trouve abjects ! Dans le parisianisme, il y a (trop) souvent cette volonté de paraître plus intelligent qu'on ne l'est. C'est pour ça que j'aime la province. La simplicité des sentiments remplace les certitudes.

A. A. : Nous avons évoqué rapidement le nom de Claude Chabrol, dont tu vantais les mérites en tant que directeur d'acteurs. Tu as tourné avec lui *Les Biches* et à cette occasion retrouvé Stéphane Audran, ta première épouse, alors devenue Mme Chabrol.

J.-L. T. : Il faut être aussi détendu et intelligent que l'est Chabrol pour que cette situation soit légère et même amusante. J'avais un jour une scène dans un lit avec Stéphane, et Chabrol m'a dit : « Voilà ! Tu la prends comme ça, tu l'embrasses, tu fais ça et ça. » Et il a ajouté : « Je ne demande jamais à mes acteurs de faire quelque chose que je ne sois pas capable de faire moi-même ! » Dans le contexte de mes rapports avec Stéphane, il a été magnifique. J'ai fait ce film un peu par hasard. Maurice Ronet était engagé pour ce rôle, mais il tournait sous la direction de Romain Gary *Les oiseaux vont mourir au Pérou*. Leur film ayant pris du retard, il m'a téléphoné pour me demander de le dépanner. Il avait signé un contrat et se trouvait dans une situation délicate vis-à-vis de Chabrol. Maurice Ronet était un acteur et un homme que j'aimais beaucoup. Nous étions voisins dans les années 70, et nous nous voyions souvent. Il buvait pas mal et avait le sens de la fête. Maurice se disait un homme de droite, ce qui était peut-être une attitude provocatrice à une époque où l'« intelligentsia » était de gauche. Et puis Maurice a fréquenté ces jeunes et brillants écrivains de droite, Roger Nimier, Antoine Blondin, tous veufs de Drieu La Rochelle. Henri-François Rey lui a consacré un livre tonique, *Le Rachdingue*. Maurice est l'un des hommes les plus délicats et généreux que j'aie connus.

1960-1997 : un parcours en France

A. A. : Parlons maintenant un peu de Nadine, ta deuxième femme qui, elle-même, est devenue réalisatrice.

J.-L. T. : Elle était monteuse lorsque je l'ai connue. Mais elle avait vraiment envie de faire ses films. Peut-être l'ai-je aidée à réaliser son premier long métrage, *Mon amour, mon amour*, en faisant partie de la distribution. À l'époque — nous en avons déjà parlé — c'était l'« affiche » qui faisait rentrer le public dans les salles. Ce n'est plus le cas actuellement, et je trouve cela très sain. *Mon amour, mon amour* fut sélectionné pour le Festival de Cannes malgré la concurrence du magnifique film de Claude Berri *Le Vieil Homme et l'Enfant*, avec Michel Simon. Certains critiques ont été outrés, révoltés par cette décision, et ont assassiné le film de Nadine. Ce n'était pourtant pas elle qui s'était sélectionnée, la pauvre ! Elle était désolée que le film de Claude Berri n'aille pas à Cannes, ce dont elle n'était pas responsable. Les journalistes l'ont vraiment piétinée lors de la conférence de presse à Cannes, d'où elle est sortie en larmes. En plus, elle aimait beaucoup le film de Berri.

A. A. : Tout cela ne l'a pas empêchée de faire son métier, et dans *Défense de savoir* — son quatrième film — elle a fait débuter Marie devant les caméras.

J.-L. T. : Elle y tenait un rôle assez important aux côtés de Michel Bouquet et Charles Denner. J'ai beaucoup aimé ce film dont le sujet me plaisait, l'histoire d'un avocat et d'une prostituée. Je trouvais que Nadine progressait de film en film, et un autre plaisir procuré par *Défense de savoir* fut de tourner avec Charles Denner, qui est l'un des acteurs qui m'a le plus impressionné. C'était un homme introverti qui refusait de donner son amitié. D'origine étrangère, il avait dû travailler ferme pour perdre son accent. Il me jugeait sans doute comme un acteur qui avait toujours eu trop de facilités. C'était vraiment un comédien prodigieux, mais impossible à connaître. J'avais pourtant fait des efforts pour le séduire, mais je n'y suis jamais arrivé. J'aurais voulu être son ami, l'entendre me parler de notre métier. J'ai essayé... il se fermait aussitôt. José Giovanni avait aussi beaucoup d'admiration pour Denner, et lui avait confié un rôle secondaire dans l'un de ses films. Le tournage avait commencé et, à la fin de la première journée, Denner était venu parler à Giovanni : « Je ne vais pas continuer. Je m'en vais parce que ça ne me plaît pas. — Qu'est-ce qui ne vous plaît pas ? demanda Giovanni. — Mais tout, rétorqua Denner, l'ambiance du tournage, vous, en tant que metteur en scène. Je ne suis pas heureux. » José Giovanni lui fit remarquer que cela était très grave, qu'il devrait payer un fort dédit. Et Denner, très calmement, lui répondit : « Eh bien, tant pis ! J'ai des économies, je paierai. » José lui-même m'a raconté cette histoire : « J'ai vraiment été suffoqué. Jamais un acteur ne m'avait parlé comme ça. » José, qui est un type bien, s'est finalement arrangé pour faire payer cette journée de tournage par les assurances. C'est incroyable ! Je ne connais pas un comédien qui ait le courage de dire cela. Ce qui faisait la grandeur de Denner, c'était aussi son intransigeance.

A. A. : Tu aurais osé le faire ?

J.-L. T. : Non ! Je me serais dit : « Je suis tombé sur un mauvais jour. Ça va s'arranger. » Et si rien ne s'était arrangé, j'aurais continué. J'ai fait des films où, après une semaine de tournage, je comprenais qu'on allait faire un bide. J'estimais ne pas avoir le

Avec Brigitte Bardot *Et Dieu créa la femme* de Roger Vadim, 1958. *(D.R.)*

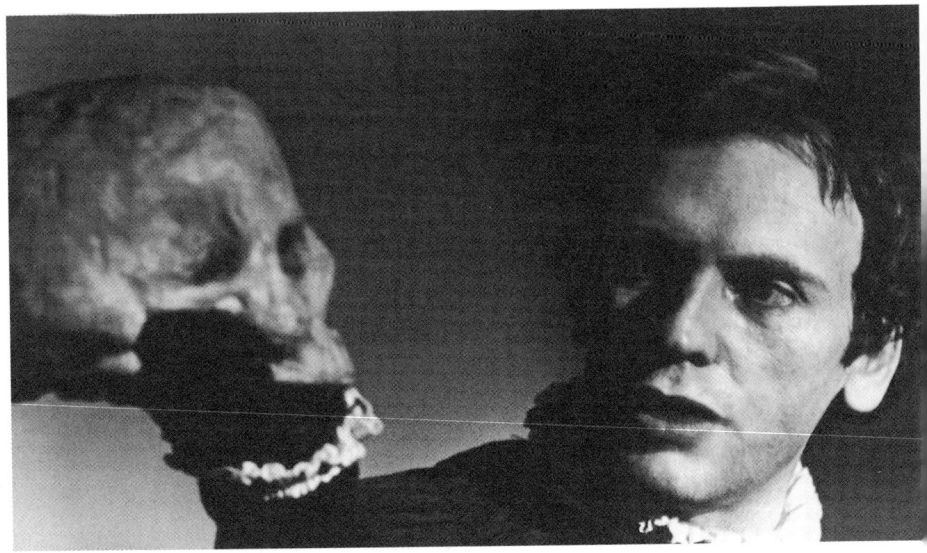

Dans *Hamlet* de William Shakespeare (en 1958). *(D.R.)*

Dans *Hamlet* (deuxième version en 1970). *(D.R.)*

Dans *Austerlitz* d'Abel Gance (1959). *(D.R.)*

Avec Vittorio Gassman dans *Le Fanfaron* de Dino Risi (1962). *(© Photo radio-télévision suisse romande).*

Avec Juliette Gréco dans *Bonheur, impair et passe* de Françoise Sagan, 1965. *(D.R.)*

Dans *La Longue Marche* d'Alexandre Astruc (1965). *(D.R.)*

Avec l'équipe de *Un homme et une femme*. *De gauche à droite :* Anouk Aimée, Pierre Barouh, Claude Lelouch avec le chef du Bistrot de Paris (1966). (© *Sygma.*)

Nadine Trintignant dirigeant Jean-Louis dans *Mon amour, mon amour* (1967). (*D.R.*)

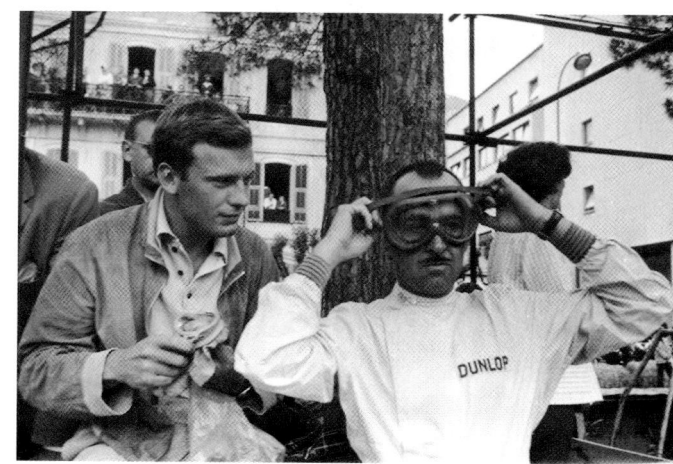

Avec son oncle Maurice Trintignant (1967).(*D.R.*)

Avec Stéphane Audran, dans *Les Biches* de Claude Chabrol (1968).
(© Cinémathèque Suisse Helga Romanoff.)

Avec Simone Signoret dans *L'Américain* de Marcel Bozzuffi (1969).
(© Interpress.)

Avec Nadine, Pauline et Marie (1969). *(D.R.)*

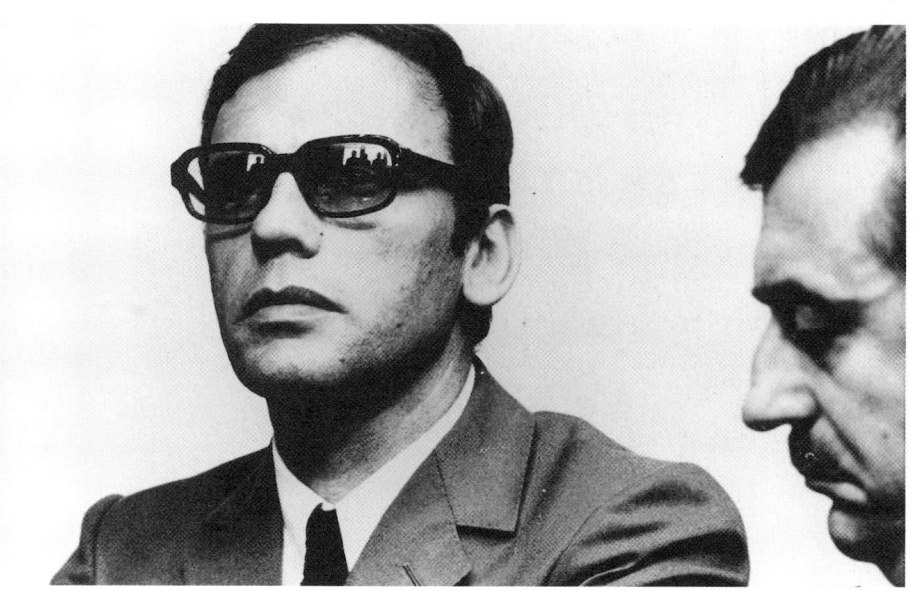

Dans Z de Costa Gravas (1969). *(© Kipa.)*

Avec Charles Denner et Judith Magre dans *Le Voyou* de Claude Lelouch (1970). *(D.R.)*

Jean-Louis Trintignant dirigeant Jacques Dufilho dans son film *Une journée bien remplie* (1972). *(© Jean Kerby/Corbis Kipa.)*

Avec Nadine et leur fille Marie (*Une journée bien remplie*). *(D.R.)*

Jean-Louis Trintignant dirigeant Stéphanie Sandrelli dans son film *Le Maître nageur* (1979). *(© Sigma.)*

Dans le rôle d'Emile Buisson (*Flic story* de Jacques Deray, 1975). *(D.R.)*

Avec Marie et le réalisateur Valerio Zurlini (*Le Désert des Tartares,* 1976). *(D.R.)*

Avec Moustache *(1977)*. *(© P. Vauthey/Sygma.)*

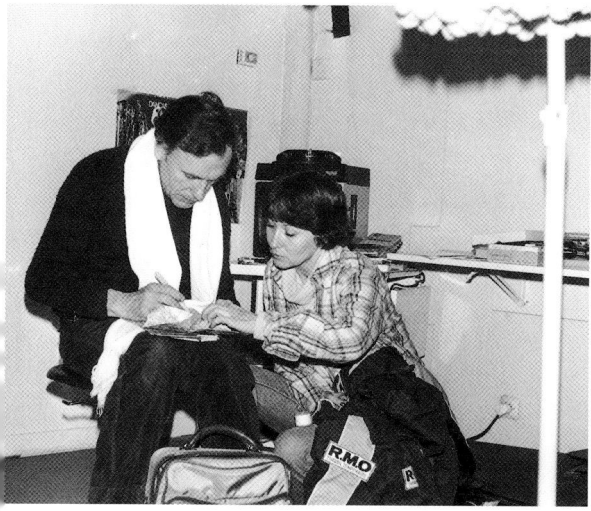

Avec Marianne Hoëppfner (aujourd'hui son épouse) dans le Rallye de Monte-Carlo, 1981. *(© Pascale Neyret/Sygma.) (D.R.)*

Avec François Truffaut et Fanny Ardant (*Vivement dimanche,* 1982). *(© W. Karel/Sygma.)*

Avec Michel Serrault dans *Le Bon Plaisir* de Francis Girod (1983). *(D.R.)*

Avec Mathieu Kassovitz dans *Regarde les hommes tomber* de Jacques Audiart (1993). *(© F. Goujon/Sygma.)*

Avec Laurent Terzief dans *Fiesta* de Pierre Boutron (1994). *(© Sygma.)*

Avec le réalisateur Patrice Chéreau (*Ceux qui m'aiment prendront le train*, 1998). *(© Eric Robert/Corbis Sygma.)*

Avec Pierre Vaneck et Jean Rochefort dans *Art* de Yasmina Réza (1998). *(© Stéphane Cardinale/Corbis Sygma.)*

Avec Marie dans *Poèmes à Lou* de Guillaume Apollinaire (1998). *(© Jérémy Bembaron/Sygma.)*

Dans *La Valse des adieux* de Louis Aragon (1999). *(© Jean-Pierre Amet/Corbis Sygma.)*

Avec Marie Trintignant dans *Comédie sur un quai de gare* de Samuel Benchetrit (2001). *(© Jacques Morell/Corbis Kipa.)*

droit de trahir le metteur en scène : s'il coulait, je devais couler avec lui.

A. A. : Il est impossible d'évoquer ici tes 130 films. Je voudrais toutefois en retenir quelques-uns. Ainsi le film de Marzel Bozzuffi, *L'Américain*, dont ce fut son premier et seul film.

J.-L. T. : J'étais assez ami avec Marcel Bozzuffi, le mari de Françoise Fabian. *L'Américain* était un beau sujet. C'est l'histoire d'un type qui avait passé son enfance à Rouen et qui, à la fin de son adolescence, était parti en Amérique pour faire fortune. Vingt ans plus tard, il revient au pays avec l'idée d'y finir sa vie. C'est l'histoire de ce retour. Unité de temps, de lieu et d'action. Bozzu — on l'appelait ainsi — a eu pas mal de difficultés à monter ce film. C'est une des raisons pour lesquelles je l'ai fait. Claude Lelouch fut, dans cette affaire, très sympathique et généreux puisque c'est lui qui a assuré la production. Il resta très proche de Bozzuffi pendant tout le tournage. Il est même venu tenir la caméra, se laissant diriger par le metteur en scène. Il a été vraiment épatant dans ce film. Bozzu, malgré son côté froid et réservé, était un homme très attachant. La plupart des acteurs étaient ses amis : Simone Signoret, Serge Reggiani, Jacques Perrin, Rufus, Bernard Fresson. Parmi tous les films auxquels j'ai participé, quelques-uns sont exceptionnels, d'autres, comme celui-là, sont intéressants, mais n'ont pas rencontré le succès. Pour revenir à Lelouch, il a produit plusieurs autres films, dont celui de Nadine, *Ça n'arrive qu'aux autres*. Nadine était ravie de leur collaboration, et elle a depuis toujours affirmé que Lelouch est le meilleur producteur qu'elle ait jamais connu.

A. A. : Tu as, dans les années 70, enchaîné quelques succès spectaculaires, dont *Sans mobile apparent* de Philippe Labro, *Un homme est mort* de Jacques Deray, *Les Violons du bal* de Michel Drach, *L'Attentat* d'Yves Boisset. Avec ce dernier, tu es revenu au cinéma politique puisque *L'Attentat* traitait de l'affaire Ben Barka.

J.-L. T. : C'était, comme pour *Z*, un scénario de Jorge Semprun. *L'Attentat* est le prototype du film courageux, qui évoque des faits qu'il était de bon ton d'enterrer. On y dévoilait des événements ignorés à l'époque. Dans ce film, Michel Piccoli a réalisé une performance d'acteur exceptionnelle en endossant le costume du général Oufkir. Il était saisissant ! Ça m'a marqué ! Je revois encore ces images... Piccoli, quel acteur !

A. A. : *L'Attentat* fut donc le deuxième film que tu tournais sur un scénario de Jorge Semprun.

J.-L. T. : C'était vraiment un ami, très attachant, que je voyais souvent en dehors des films. Je l'aime tendrement... Si je dis cela c'est que Semprun est un type plutôt fort, impressionnant, même si son autre face est plus... enfantine.

A. A. : Lorsqu'il est devenu en Espagne ministre de la Culture, tu trouvais son parcours logique pour un homme de lettres.

J.-L. T. : C'était un homme de lettres politique, qui a écrit en étant guidé par une idée politique. Il a été opposé à Franco, et déporté en camp de concentration à Buchenwald. S'il a écrit, c'est qu'il avait des choses à dire. Il y a peu de temps il est venu me voir au théâtre. Je le voyais moins lorsqu'il était ministre, je me disais : « Il a dû devenir con ! » Il avait mieux à faire qu'être ministre, et il s'en est d'ailleurs rendu compte puisqu'il a démissionné avant la fin de son mandat. Être ministre a dû lui plaire un moment, ça le flattait.

A. A. : Mélina Mercouri est devenue, elle aussi, ministre de la Culture en Grèce.

J.-L. T. : Mélina Mercouri n'avait peut-être rien de mieux à faire ! Ce qui n'était pas le cas de Semprun !

A. A. : J'aimerais que tu me parles d'une comédienne qui irradiait de beauté, Romy Schneider. Hors Michel Piccoli, c'est avec toi qu'elle a le plus tourné : *Le Train* de Pierre Granier-Deferre, *Le Combat dans l'île* d'Alain Cavalier, *Le Mouton enragé* de Michel Deville et *La Banquière* de Francis Girod.

J.-L. T. : Je l'ai rencontrée une autre fois dans un film qui ne s'est pas fait. C'était un sujet de Clouzot qui s'appelait *La Jalousie*. Romy devait tourner avec Serge Reggiani qui est tombé malade au début du tournage. Clouzot avait donc décidé de me confier le rôle. Nous avions commencé à travailler, Romy, Clouzot et moi, lorsque le metteur en scène a été victime d'un infarctus. Le film a donc été abandonné. Et repris quelques années plus tard par Claude Chabrol, avec Emmanuelle Béart et François Cluzet. Je crois sincèrement que le film de Clouzot aurait été extraordinaire. Cet homme était complètement fou, mégalo. Normal qu'il ait eu un infarctus ! Il y avait trois équipes qui tournaient en même temps, avec les trois meilleurs opérateurs français, les trois meilleurs cadreurs, les trois meilleures scriptes, et lui, il passait d'un tournage à l'autre, à bord d'une grosse Mercedes décapotable — on aurait dit la voiture du Führer. Le personnage que je devais jouer était un homme que la jalousie rendait fou. Ce film aurait été sûrement très beau. Cela dit, celui réalisé par Chabrol est réussi, et François Cluzet y est extraordinaire.

A. A. : Connaissant ton caractère, tu aurais pu supporter les colères légendaires de Clouzot ?

J.-L. T. : Je ne sais pas... C'était un terroriste !

A. A. : Cela t'est arrivé d'être terrorisé par un metteur en scène ?

J.-L. T. : Quand on est comédien, on est souvent humilié ! Dans un film, chaque minute coûte cher. Il est donc primordial que le tournage aille vite. Le metteur en scène a toujours raison. Le comédien ne doit pas se défendre. On peut essayer d'aller chercher au plus profond de soi des sentiments qu'on se refuse habituellement à exprimer... Mais si le metteur en scène ne les trouve pas à sa convenance, on doit abdiquer. Il est le maître d'œuvre et il faut l'accepter. Il y a eu une époque où les réalisateurs étaient tyranniques. Par exemple, Claude Autant-Lara, un homme toujours très engagé politiquement. Il a commencé par être communiste pour finir sa vie au Front national ! Il prenait des colères énormes, gigantesques !

A. A. : Revenons à Romy Schneider. Raconte cette femme éblouissante...

J.-L. T. : Une actrice superbe ! Elle avait une sensibilité inouïe, toujours concentrée sur son métier. Entre deux tournages elle ne faisait pratiquement rien, ne sortait presque pas. Elle se préparait au film suivant, même s'il n'allait se faire que six mois plus tard. Elle ne pensait qu'à son rôle. Elle s'enfermait et travaillait. Arrivée sur le plateau, elle était capable d'extérioriser les sentiments les plus extrêmes. Si on peut lui trouver un défaut, c'était son manque d'humour. Elle ne voyait jamais le côté drôle ou dérisoire des choses. Il est vrai que sa vie fut ponctuée de drames. Peut-être ces douleurs lui ont-elles forgé cette intensité de jeu. Le drame était son quotidien.

A. A. : Mais quelle beauté ! Son visage prenait la lumière d'une manière rare.

J.-L. T. : Dans la vie aussi elle était d'une beauté stupéfiante. Lorsque j'ai tourné *Le Train*, je ne l'avais pas vue avant notre première scène. Elle était au loin, entre les rails de chemin de fer. Quand elle s'est approchée de moi, j'étais soufflé. Je me disais qu'il n'était pas possible d'être aussi belle. Et quand j'ai dû la prendre dans mes bras, ce fut un moment très... émouvant.

A. A. : Tu l'as retrouvée dans le film de Michel Deville, *Le Mouton enragé*. Et avec ce même réalisateur, tu as tourné *Eaux profondes*. Quelle était la particularité de Michel Deville ?

J.-L. T. : Celle d'un homme très pointilleux. Non seulement les minutes comptaient, mais également les secondes. À la fin d'une scène, il nous disait : « Vous avez joué cette scène en une minute vingt-quatre. Il faudrait que vous arriviez à la faire en une minute dix-sept. Vous pouvez y parvenir. J'ai essayé, j'ai réussi. » Mais ne pense pas qu'il était un metteur en scène terroriste. Au contraire, Michel Deville est un homme doux, timide, très réservé. Lorsqu'il était enfant, il s'amusait à faire du son. Plus tard, il a tourné des films d'amateur. Mais il jouait seul, sans petits camarades. Il faisait ses films et il les montait. Il était en même temps scénariste, metteur en scène, opérateur, acteur. C'est pour cela qu'il connaît toutes les disciplines du cinéma. Il a également publié des recueils de poésie. C'est un type vraiment intéressant, très profond et qui refuse de se prendre au sérieux. Je l'aime tendrement aussi. C'est bien normal puisqu'il est tendre lui-même.

A. A. : Quand vas-tu me dire que tu détestes cordialement quelqu'un ?

J.-L. T. : Je pense que celui qui aime a raison. Lorsqu'on aime, ça donne du bonheur. Quand on n'aime pas, on ne trouve que des désagréments. Bien sûr, il y a des gens pour lesquels je n'éprouve pas de réelle sympathie. Je ne les déteste pas, je les fuis. Je ne veux pas les rencontrer parce que je sais à l'avance qu'ils ne m'intéresseront pas. Je ne pense pas que ce soit de la lâcheté. Lorsque j'étais jeune, j'étais souvent coléreux, jusqu'au jour où j'ai essayé de comprendre. J'ai voulu éviter de me mettre en colère et j'ai appris comment faire. Si, lors d'une discussion, le ton se met à monter, j'arrête et je vais faire autre chose : un truc physique, du vélo, faire le tour du pâté de maisons en courant... Lorsque je reviens, je ne pense plus de la même façon. Je crois qu'il y a dans la colère une complaisance, et que l'on peut éviter cela.

A. A. : On peut, sans complaisance, avoir une colère pour affirmer « sa » vérité contre « la » vérité des autres.

J.-L. T. : Mais non ! Je ne suis jamais sûr que ma vérité soit la bonne. Je doute, et je veux continuer à douter. Je refuse d'être sûr de quoi que ce soit !

A. A. : Même en ce qui concerne les hommes ?

J.-L. T. : Oui, parce que tous, même ceux qu'on aime, ont leurs défauts, et il faut les aimer avec.

A. A. : Restons dans le registre de la colère. Parmi les rôles très physiques que tu as joués, il y a eu celui du film de Gérard Pirès, *L'Agression*, où tu te bagarrais pour venger la mort de ta femme et de ta fille.

J.-L. T. : Gérard Pirès et moi étions dans notre période « compétition automobile ». C'était un conflit physique avec d'un côté un petit-bourgeois et sa famille, et de l'autre des jeunes motards. Ceux-là représentaient les révoltés de notre société. Ils n'étaient jamais à visage découvert puisqu'ils portaient des casques, ce qui donnait une autre dimension à leur affrontement. On tournait avec de vrais motards, habitués des compétitions. Certains ont disparu. Ils sont morts en course. C'est très dangereux les courses de motos. Souvent on les revoyait le lundi, après qu'ils avaient participé à des compétitions pendant le week-end. « Oh là là ! qu'est-ce que j'ai pris comme gadins ! Sept ! disait l'un. Et toi ? — Moi, neuf ! » C'étaient des gens très attachants. En tout cas ils n'avaient pas un esprit médiocre, parce qu'ils connaissaient le danger et qu'ils l'affrontaient.

A. A. : Tu penses la même chose des cascadeurs ?

J.-L. T. : J'aime les gens qui sont courageux, physiquement. Dans notre société, on supprime de plus en plus la maladie. Peut-être un jour sera-t-elle complètement éradiquée. On ne mourra plus que d'accident ! On créera alors une société qui aura peur de tout. Ce sera le temps des peureux. Il y a un vers dans une chanson de Brel que j'aime beaucoup : « Le monde se meurt par manque d'imprudence. » Et c'est vrai que l'on nous assiste, maintenant, que l'on ne nous laisse pas décider. Il y a quelques années, j'ai fait de la moto et, en tombant, je me suis blessé. Ne pouvant plus en faire, je fais de la Mob, une petite Mob ridicule qui roule à 50 à l'heure, et on m'oblige à mettre un casque. Je trouve ça idiot ! Si je tombe, il vaut mieux que je me casse la tête plutôt que la jambe. Et puis, ça ne regarde que moi ! Au moins, je ne serai pas une charge pour la société. À soixante-dix ans, je préfère mourir d'un accident de moto que de végéter dans un hôpital avec des perfusions partout !

A. A. : Je t'ai vu sortir hier, tu avais mis ton casque...

J.-L. T. : J'allais en ville, et j'ai eu peur de me faire arrêter par les gendarmes ! Je trouve très bien que les jeunes de quinze ans se protègent, mais quand on a soixante-dix ans, on peut se tuer à moto, ce n'est pas grave !

A. A. : À partir de quel âge a-t-on le droit de se tuer ?

J.-L. T. : À partir de soixante-cinq ans, même la drogue n'a plus d'importance. Si tu es complètement défoncé et devenu un être nul dans la société, pourquoi pas ? (*Rires.*) Il vaut mieux vivre la fin de sa vie comme on le désire.

A. A. : Donc, tu as l'âge pour commencer à prendre un peu d'opium ! Je pense à Henry de Monfreid, qui fumait treize ou quatorze pipes par jour : non pour chercher un autre univers, mais parce qu'il était sûr que, pris à doses médicinales, l'opium l'empêchait d'avoir la moindre maladie...

1960-1997 : un parcours en France

J.-L. T. : J'ai eu le tort d'en prendre alors que j'étais encore en pleine activité. Peut-être cela m'a-t-il un peu abruti... mais je suis certain que ça m'a fait du bien. J'ai pris de l'opium à doses raisonnables, et j'ai goûté à toutes les drogues. Pour connaître ! Je pense que la qualité essentielle d'un artiste est l'imagination. La drogue en est un stimulant. J'ai fumé de l'herbe, du haschich, j'ai même pris de l'héroïne. Lorsque je fumais de l'opium, crois-moi, j'étais KO. Je ne pouvais pas me lever, tellement ma tête tournait. Alors, Monfreid, ça me laisse rêveur ! Remarque, il paraît que Malraux a pris de l'opium toute sa vie, et lui aussi, pourtant, était un homme débordant d'activité.

A. A. : Revenons au cinéma, et à François Truffaut en particulier. Tu as tourné dans son dernier film, *Vivement dimanche !*. On s'étonne que le comédien que tu es ne l'ait pas attiré plus tôt.

J.-L. T. : Il ne m'avait jamais rien proposé. Je l'ai un jour rencontré dans un festival et je lui ai demandé s'il avait une raison particulière de ne jamais m'avoir proposé de rôle. J'étais sûr que j'aurais été « vachement » bien dans ses films. Surtout dans ceux où il jouait lui-même.

A. A. : Tu avais vu Truffaut dans *La Chambre verte* ?

J.-L. T. : Lorsqu'il m'a montré ce film, je me suis dit qu'il était magnifique et que jamais je n'aurais été aussi bien. Il avait en lui quelque chose d'halluciné. Il était formidable ! Par contre, j'aurais volontiers joué le rôle qu'il tenait dans *L'Enfant sauvage*. Truffaut m'a dit qu'il avait pensé à ne pas l'interpréter lui-même, mais que pour diriger l'enfant il lui était plus facile d'être là constamment. Bref, quelque temps après, il m'a écrit pour me proposer de jouer dans son prochain film : « Ce ne sera pas le rôle de votre vie, mais c'est intéressant. » J'ai été content, bien que le scénario ne fût pas excellent et que mon rôle eût paru sans grand intérêt. Cela me plaisait beaucoup de tourner avec lui. J'ai toujours pensé qu'il était un très bon réalisateur. Par son originalité, son humanité. Truffaut était un autodidacte. Ce fut un homme passionnant par sa personnalité, humble, très ouvert aux gens, attentif à chaque détail, très sympathique. Je l'ai peu connu, et je le regrette. Le comédien Jean-Louis Richard, qui fut son complice et son ami, m'a dit que, malgré leur intimité, ils se vouvoyaient ! Ce vouvoiement est, certainement, une démonstration de délicatesse. Jean-Louis Richard est un homme qui ne parle jamais de choses banales ou vulgaires. Je n'aime d'ailleurs pas les gens qui racontent leurs histoires sexuelles. C'est sans doute mon côté protestant. Je ne le suis pas... mais je devrais l'être !

A. A. : Tu as peu tourné aux États-Unis. Je me souviens du film de Roger Spottiswoode, *Underfire*, avec Nick Nolte. Un film sur les correspondants de guerre au Nicaragua.

J.-L. T. : Spottiswoode est venu à Paris pour me convaincre de jouer un rôle secondaire, mais là aussi intéressant, celui d'un salaud que le réalisateur appelait Michel Jazy. Je lui ai fait remarquer que Michel Jazy était un sportif très connu en France, qu'il avait été un magnifique athlète et que ça ne lui ferait pas un grand plaisir d'entendre son nom rattaché à celui d'une ordure. Il faut croire que Jazy s'en fichait complètement, ou qu'il n'a pas vu le film, car il n'y eut aucune réaction de sa part. Je me souviens avoir dit à Nick Nolte : « En France nous avons un jeune acteur — nous étions en 82 — à qui tu ressembles. Il s'appelle Depardieu. Excuse-moi, mais je pense qu'il est mieux que toi. » Nick Nolte m'a fait la gueule jusqu'à la fin du film. Il m'appelait « cet imbécile de Français ».

A. A. : Le fait de devoir parler en anglais t'a posé des problèmes ?

J.-L. T. : Beaucoup. Avant le début du tournage, j'ai travaillé à Los Angeles avec un professeur... ça faisait trente-cinq ans que j'essayais d'apprendre l'anglais ! J'ai eu énormément de difficultés et je ne le ferai plus jamais. Certainement le problème de la langue fut-il à l'origine de mes refus à Coppola et Spielberg, dont nous avons déjà parlé. Et puis, je n'aime pas la vie en Amérique. J'aime les choses simples, les petits bistrots, la bonne nourriture, le vin, les rapports d'amitié, la vie en province.

A. A. : On peut s'étonner que tu n'aies jamais tourné avec Claude Sautet, l'un des très grands hommes du cinéma français.

J.-L. T. : Sautet m'avait demandé à deux reprises. La première fois pour *César et Rosalie*, le rôle qu'a tenu Sami Frey. Et puis, plus récemment, pour *Nelly et Monsieur Arnaud*, le personnage joué par Michel Serrault. En ces deux occasions, je n'ai pu accepter, à mon grand regret. Cela dit, je crois que Claude Sautet était un metteur en scène assez tyrannique. Il tournait avec des longues focales, ce qui oblige les acteurs à avoir des places très précises. S'ils sont nets à 8 mètres, ils deviennent flous à 8,50 mètres ou à 7,80 mètres. Il faut donc observer une grande précision, ce qui oblige à répéter beaucoup pour que le résultat soit parfait. Et si un acteur parvient à être parfait, et que son partenaire ne l'est pas, il faut tout recommencer ! Je crois que tout cela m'aurait gonflé ! Malgré tout, Sautet avait un tel univers que ça m'aurait beaucoup plu de tourner sous sa direction. Daniel Auteuil, qui a travaillé avec lui, a gardé de lui un souvenir magnifique, et il s'est plié sans difficulté à sa technique de travail.

A. A. : Tu as joué toutes sortes de rôles : des salauds, des tueurs, mais aussi un président de la République dans *Le Bon Plaisir* de Francis Girod.

J.-L. T. : Pour préparer ce film, Girod m'a montré des tas de documents sur François Mitterrand et Giscard d'Estaing pendant leur campagne présidentielle. Nous étions en 1984. J'ai visionné quatre à cinq heures de films sur chacun d'eux. Il ne s'agissait pas d'imiter l'un ou l'autre, mais d'étudier leur comportement. Bien sûr, Mitterrand me correspondait mieux, et j'ai travaillé le rôle à partir de son côté un peu glacé, hautain. Ce fut un travail très intéressant.

A. A. : Parlons de deux cinéastes suisses. Tout d'abord Michel Soutter, avec qui tu as tourné en 1973.

J.-L. T. : J'avais vu ses deux films précédents : *La Pomme* et *Les Arpenteurs*. Je lui ai écrit que j'aimais son univers, et je lui ai demandé s'il voulait m'employer comme... n'importe quoi : assistant metteur en scène, photographe de plateau. Enfin, lui ai-je dit : « J'aimerais participer à l'un de vos tournages pour comprendre votre univers. » Le plus simple pour lui fut de m'engager comme acteur. La distribution étant pratiquement terminée, il m'a confié en 1973 un petit rôle dans *L'Escapade*. En dehors de mes moments de tournage, je suis resté pendant tout le film, un peu en retrait, à le regarder travailler. Voilà encore un homme que j'ai adoré.

A. A. : « Aimé tendrement » ?

J.-L. T. : Tout à fait. Michel était un gros chat, un personnage magnifique. Il écrivait de la poésie. Son comportement dans la vie était lumineux. Un cancer l'a emporté, il y a dix ans. Je pense souvent à lui.

A. A. : Autre cinéaste suisse : Alain Tanner, avec qui tu as tourné *La Vallée fantôme* en 1987.

J.-L. T. : Qui n'est pas son meilleur film.

A. A. : J'étais à Venise où le film était présenté à la Mostra. Lors de la conférence de presse qui suivait la projection, tu as créé la sensation en annonçant que tu arrêtais ta carrière au cinéma.

J.-L. T. : Je me suis rendu compte que la plupart des journalistes présents dans la salle n'avaient pas vu le film. On n'avait donc pas grand-chose à se dire. Et c'est vrai que je commençais à me fatiguer du cinéma ! Alors, pour meubler le silence et les intéresser, j'ai annoncé ma décision d'arrêter, sans prévoir les proportions que cette nouvelle allait prendre.

A. A. : L'ambiguïté dans ta voix et ton regard ont fait croire que tu étais gravement malade.

J.-L. T. : Il faut dire qu'à la même époque j'avais menti à un metteur en scène avec lequel j'étais engagé par contrat. Or, je n'avais plus envie de faire son film, car des amis m'avaient mis en garde contre son autoritarisme. Ne sachant plus comment m'en sortir, je ne lui ai pas dit que j'avais un cancer, mais que ma santé... Quelques semaines plus tard, c'était la conférence de presse de Venise. L'amalgame s'est fait entre les deux nouvelles et les journaux se sont mis à préparer leurs pages nécrologiques.

A. A. : Quelque temps après cette conférence de presse, tu as été victime d'un accident de moto, apparemment anodin puisque tu roulais à 15 kilomètres à l'heure.

J.-L. T. : Même pas, 5 à l'heure ! J'étais en première, en pleine campagne. C'était comme un grand désert. La moto a glissé et ma jambe s'est retrouvée coincée sous elle. Dix ans après cet accident, je boite encore. J'ai dû être opéré trois fois, et j'ai beaucoup souffert. Le plateau tibial, qui permet au genou de fléchir, était cassé en tas de petits morceaux. Il a donc fallu le reconstituer, et il n'est jamais revenu complètement droit. Enfin, il y a pire !

A. A. : Entre ces deux années de souffrance et ta déclaration au Festival de Venise, ta décision de ne plus faire de cinéma s'est confirmée. Et pourtant tu as continué de tourner dans quelques films.

J.-L. T. : J'ai également joué pour la télé *La Controverse de Valladolid*. Cela s'est passé un mois après l'accident. Le film était écrit par Jean-Claude Carrière, Jean-Daniel Verhaege le réalisait, et j'avais deux partenaires adorables, Jean Carmet et Jean-Pierre Marielle. Nous étions dans un hôtel à Saint-Maximin près d'Aix-en-Provence, et le tournage se faisait dans l'abbaye. Ce fut vraiment merveilleux. Nous passions nos soirées ensemble, nous buvions, un peu trop peut-être, et cela durait jusqu'à 3 heures du matin.

A. A. : Le compte à rebours de ta carrière cinématographique commence. Tout d'abord, *Regarde les hommes tomber*, de Jacques Audiard, avec Mathieu Kassovitz et Jean Yanne.

J.-L. T. : Ce fut un tournage très éprouvant. Nous tournions souvent la nuit, c'était l'hiver et il faisait un froid terrible. Je sortais à peine de mon opération du genou et je me forçais à jouer un personnage qui m'était totalement étranger. À l'opposé de ce que je suis. Un râleur ! Et je n'ai pas cessé de râler avec l'équipe du film, à tous propos. J'étais vraiment insupportable ! En fait, ce rôle était destiné à Jean Yanne. Quelque temps avant le tournage, Jacques Audiard nous a demandé de changer les rôles « parce que ça vous sera plus difficile » ! C'est vrai que c'est intéressant de voir un acteur faire des efforts plutôt que de le laisser jouer avec facilité. Le personnage joué par Jean Yanne, je l'aurais interprété aisément parce qu'il me ressemblait. Et Yanne n'aurait pas eu de difficultés à jouer mon rôle de vieux bougon, car il est comme ça dans la vie. C'est un acteur formidable, très difficile à connaître, qui ne se livre pas et ne donne pas facilement son amitié... avec moi tout au moins... peut-être ne lui ai-je pas plu comme ami. J'ai essayé de me rapprocher de lui. Il a refusé.

A. A. : Toutes tes scènes étaient avec Mathieu Kassovitz. Tu le connaissais ?

J.-L. T. : Non. Lorsque Jacques Audiard me parlait de la distribution, en dehors de Yanne et de moi, il y avait un troisième personnage, peut-être le plus difficile parce qu'un peu demeuré. Les noms de jeunes acteurs défilaient sans retenir l'attention du réalisateur, jusqu'au jour où ce dernier m'a parlé de Mathieu Kassovitz que je ne connaissais absolument pas. Nous sommes allés déjeuner ensemble. Je trouvais qu'Audiard était gonflé de confier ce rôle à un presque débutant. Kassovitz avait réalisé et joué dans *Métisse* qui était un film intéressant, mais était-ce suffisant ? On a fait un essai ensemble, et il a stupéfié tout le monde. Il était formidable ! Le film a tout de même été pénible. À cause de moi ! J'étais tellement antipathique que mes rapports avec l'équipe devenaient difficiles. En plus, j'avais mal, mais ça m'aidait. Je me suis servi de ma douleur. Cela me rappelle une anecdote : lors de la préparation du *Bon Plaisir* de Francis Girod, je me trouvais avec Michel Serrault — je le connais bien pour avoir souvent tourné avec lui — qui jouait le ministre de l'Intérieur. Nous allions essayer nos costumes chez un tailleur très coté de la place Vendôme, qui habille de nombreux hommes politiques et masque un peu leur embonpoint. Un magasin très feutré où le moindre costume coûte entre quinze et vingt mille francs. Brusquement, Serrault a piqué une colère monstre à propos d'un bouton mal placé. Il s'est mis à hurler : « Appelez-moi le directeur ! » On vit le directeur arriver à toutes jambes. « Il y a un problème, M. Serrault ? — Ce n'est pas un problème, c'est un scandale ! » vociférait Michel. Employés et clients avaient cessé de respirer ! La vie s'était arrêtée ! Une colère terrible ! En sortant du magasin, il m'a dit : « Ça t'a plu ? » Serrault s'était simplement entraîné. On ne peut pas faire une vraie colère au cinéma si on n'est pas capable de la faire dans la vie ! Même pour un immense comédien comme Serrault, ce n'est pas facile. On ne perd pas son identité de tous les jours si facilement. Je t'ai cité cette histoire de Serrault parce qu'il avait besoin, pour son rôle, de répéter des colères gratuites... C'était un exercice, quoi ! Comme en ont besoin les athlètes.

A. A. : Deuxième film que tu as tourné après ta décision d'arrêter : *Merci la vie* de Bertrand Blier.

J.-L. T. : Cela n'a duré qu'un jour ou deux. Ce n'était pas un rôle très intéressant. Je jouais un nazi, et si ce personnage n'avait pas existé, le film aurait été le même. J'ai accepté cette participation parce que j'aime beaucoup le cinéma de Blier, qui me semble être l'un des grands auteurs du cinéma français. Il m'avait proposé ensuite de tourner dans *Les Acteurs*. L'idée était formidable, mais le sujet donnait l'impression que notre vie se passait entre le Fouquet's, la Maison du Caviar et les Champs-Élysées. Pour moi, qui revendique la condition d'acteur provincial, je ne trouvais pas ma place dans ce film. Malgré toute l'admiration que j'ai pour Blier, il faut dire aussi que j'avais de moins en moins envie de faire du cinéma.

A. A. : Et puis vint le film *Rouge* de Krzysztof Kieslowski. Je crois qu'il t'a impressionné presque autant que Bernardo Bertolucci.

J.-L. T. : C'est vrai que Kieslowski était impressionnant, par son physique et par l'humanité qui se dégageait de lui. C'était un homme qui parlait très peu, et, paradoxalement, on lui prêtait une grande attention. Il pouvait y avoir cinquante personnes dans une pièce en train de discuter, si la cinquante et unième était Kieslowski, toutes les conversations s'arrêtaient. Il avait une présence incroyable. Il ne parlait pourtant ni le français ni l'anglais. Il s'exprimait en polonais, et un interprète traduisait chaque mot qu'il prononçait. Tout, absolument tout : il répétait comme s'il ne comprenait pas son texte. Par exemple, il disait : « Là, vous vous asseyez. Vous la prenez dans vos bras... J'ai envie de faire pipi... » ! *(Rires.)*

A. A. : Pourquoi as-tu accepté de tourner avec Kieslowski ?

J.-L. T. : C'est grâce à Marie, à qui j'ai dit un jour : « Il y a un type qui m'a proposé un film. Je l'ai lu et c'est drôlement bien. Je ne le ferai pas, mais c'est bien. » Marie m'a demandé alors le nom du metteur en scène : « Je ne m'en souviens pas. C'est un nom très compliqué. » Je suis allé chercher le scénario, et lui ai dit : « Kieslowski. » Marie s'est alors écriée : « Kieslowski ! Mais il faut que tu le fasses, il le faut absolument ! » J'avais déjà refusé. J'ai alors suggéré le nom du comédien allemand Olger Löwenadler qui avait joué le père d'Aurore Clément dans *Lacombe Lucien* de Louis Malle. Kieslowski a trouvé cette idée très bonne. Il s'est mis à la recherche de ce comédien... qui venait juste de mourir.

A. A. : Donc tu as accepté de tourner *Rouge*. Qu'as-tu découvert de propre au travail de ce metteur en scène ?

J.-L. T. : Ce qui était étonnant, c'est que l'homme avait une grande exigence, voulait des choses très précises, et changeait parfois d'avis suivant les propositions suggérées par un acteur. Malgré une rigueur extrême que j'ai rarement rencontrée, il possédait une rare ouverture d'esprit. Il écoutait une idée émise par un comédien, et il la transformait légèrement ou la conservait telle quelle. C'était un immense metteur en scène, dévoré par son métier, très maigre, austère et même ascétique. Il était, en fait, fatigué et désirait arrêter son métier de réalisateur.

A. A. : Il avait tourné pour la télévision polonaise *Le Décalogue*, œuvre majeure et magnifique...

J.-L. T. : Pendant très longtemps, il a tourné des courts métrages. Le temps de tournage ne coûtant pas cher en Pologne, il lui est arrivé de tourner pendant huit mois pour réaliser un film de vingt minutes ! Les gens étaient payés au mois, alors qu'ils fassent ça ou autre chose !... Par contre, la pellicule coûtait cher. Alors, dans les huit mois de tournage, quatre mois au moins étaient consacrés aux répétitions. Il me racontait : « J'ai filmé l'opération d'une jambe. Pendant quatre mois, nous sommes allés à l'hôpital sans caméra. On regardait, on notait les plans que nous allions tourner un jour. »

A. A. : Ce qui peut expliquer son sens de la précision.

J.-L. T. : Le cinéma est fait de mille petits détails qui, ajoutés les uns aux autres, donnent le rythme du film. Ainsi, un jour, je devais verser l'eau d'une bouilloire. J'ai dû faire le geste trop vite car il m'a fait recommencer cette scène tant que l'eau ne fut pas versée à la vitesse qu'il désirait. Au début, tout cela me choquait. Après, on s'apercevait que toute la scène découlait de ce mouvement. C'était vraiment un Maître !

A. A. : Le metteur en scène Pierre Boutron t'a ensuite emmené en Espagne pour tourner *Fiesta*.

J.-L. T. : J'avais un rôle en or. Celui d'un colonel fasciste et homosexuel pendant le régime de Franco.

J'avoue que c'est l'un des personnages qui m'a le plus amusé à jouer. Il y avait tant de choses à faire : l'outrance, la lâcheté, la méchanceté. Il n'a malheureusement obtenu aucun succès ! À ranger dans la catégorie « Films maudits ».

A. A. : Nous arrivons à ton dernier film, qui date de 1998, *Ceux qui m'aiment prendront le train*, où Patrice Chéreau t'a offert un double rôle.

J.-L. T. : Le titre vient d'une phrase qu'a prononcée avant sa mort le réalisateur François Reichenbach. Se sachant perdu, il a demandé à être enterré à Limoges, sa ville natale. À Danielle Thompson qui s'étonnait : « Pourquoi Limoges ? Tes amis sont à Paris », Reichenbach a répondu : « Ceux qui m'aiment prendront le train. » Dans le film, je joue d'abord le rôle d'un vieux peintre homosexuel. Ensuite, j'interprète son jumeau, son contraire, marchand de chaussures très austère et un peu coincé. Le film débouche sur des sujets divers : la famille, l'homosexualité, l'amitié, les rapports entre province et Paris. Ce fut un tournage enthousiasmant, mais très difficile. Patrice Chéreau est un metteur en scène exigeant, et même un peu hystérique dans le travail. En cela, il ressemble à Bertolucci. Il est convaincu que son tournage est l'événement majeur qui se passe dans le monde. Je crois qu'on ne peut pas être un grand metteur en scène si on n'agit pas ainsi. J'ai essayé de réaliser deux films, mais je n'avais pas cet esprit. Je pense que c'est la qualité dont j'ai le plus manqué. J'avais ce défaut de baisser les bras dès que quelqu'un me disait : « Je suis fatigué. — Eh bien, va te reposer ! » Ce n'était pas sérieux !

A. A. : Donc, aujourd'hui, la page est tournée. Je crois pourtant me souvenir que tu avais déjà, en 1975, envisagé de ne plus faire de cinéma.

J.-L. T. : Parce que je voulais faire de la course automobile. J'en avais fait quelques-unes et je me trouvais assez moyen. Ma conclusion fut donc que je n'atteindrais jamais un niveau important tant que je serais comédien. Faire les deux métiers en même temps était irréalisable. J'avais des contrats et je me devais de les honorer. Je ne pouvais pas risquer un accident qui aurait mis le film en péril. J'avais donc décidé d'arrêter complètement le métier d'acteur, ce que j'ai fait pendant deux ans. Je pensais que j'allais devenir un grand pilote. En fait, je ne l'ai jamais été.

A. A. : Mais aujourd'hui, si tu as pris la décision d'arrêter le cinéma, c'est pour une raison bien précise ? Le temps perdu entre chaque prise t'exaspère...

J.-L. T. : Oui, c'est ça. Quand on est acteur, sur une journée de quatorze heures de présence, on a deux heures de travail effectif. Le reste du temps, on attend. On part le matin à 7 heures, on rentre le soir à 9 heures. Pendant un tournage, l'essentiel du temps est consacré à la préparation technique d'un plan. Pour nous, comédiens, le travail commence lorsque le metteur en scène dit : « Action ! » C'est alors un moment enthousiasmant, exaltant. Mais ce sont de très courts instants, et dans une journée de quatorze heures, c'est peu !

A. A. : Comment trouve-t-on la concentration lorsque des scènes demandent un grand degré d'émotion ou de colère, après s'être arrêté plusieurs heures ?

J.-L. T. : C'est tout le problème. Lorsque je dis qu'on attend sans cesse, c'est qu'on ne peut pas employer ce temps à faire autre chose, comme lire un bouquin. Il faut se tenir prêt lorsque le metteur en scène a besoin de nous. On n'a pas le droit de décrocher, de partir dans un autre univers. Il faut rester concentré comme un champion de tennis entre deux sets. On ne peut pas se détendre. J'avais proposé qu'on fasse du tricot. Tu te marres, mais c'est vrai ! Tout ce temps perdu ! Si, dans chaque film, les comédiens faisaient huit heures de tricot par jour, on pourrait faire œuvre charitable. Il y a des tas de gens qui n'ont pas de quoi se vêtir. On servirait au moins à quelque chose ! Le tricot ne prend pas la tête, et il n'empêche pas de rester concentré sur son personnage !

A. A. : Tu t'imagines faisant du tricot ?

J.-L. T. : Ça ne doit pas être sorcier à apprendre ! Pour te donner un autre exemple qui illustre ma conception, il m'est arrivé de donner une voiture à un ami parce que je ne m'en servais pas assez. C'est dommage qu'une auto passe les trois quarts de son temps dans un garage : elle devient une « auto-immobile ». En fait, je suis assez pragmatique : je suis pour que les choses servent. Que le temps ne passe pas pour rien. Je n'ai plus le temps d'attendre.

8
Réflexions sur le métier d'acteur

André Asséo : Parmi les réalisateurs avec lesquels tu as tourné, quelles méthodes de travail distingues-tu ?

Jean-Louis Trintignant : Chacun a son univers, et le comédien doit savoir s'adapter aux différentes personnalités. J'ai eu, par exemple, autant de plaisir à tourner avec Claude Lelouch, qui demandait d'improviser, qu'avec Éric Rohmer où tout était écrit à la virgule près, à l'hésitation près. Dans le dialogue par exemple, il était noté : « Heu, heu, heu... » Lorsqu'on jouait la scène, il fallait retrouver ces hésitations auxquelles Rohmer tenait beaucoup. J'ai bien aimé ces deux méthodes-là. Et comme je l'ai dit, j'ai pris un grand plaisir aussi à une direction d'acteur pointue comme celle de Kieslowski. On devient alors le collaborateur privilégié du metteur en scène. Si l'on oublie toutes les contraintes extra-artistiques, on vit des moments magnifiques. Toute l'équipe du film s'est préparée pour cet instant où le mot « Action ! » est lancé. On te lâche et tu vas inventer des mots que tu as appris, prendre des places que tu as répétées. Tu ne sais pas ce que tu vas faire, comme si tes gestes et tes paroles sortaient naturellement de toi.

A. A. : Tu as tourné, pour la télévision, la superbe pièce de Nathalie Sarraute *Pour un oui ou pour un non*. Ton partenaire était André Dussolier, et le réalisateur Jacques Doillon.

J.-L. T. : Doillon nous faisait refaire les prises une trentaine de fois, jusqu'à ce que nous ne comprenions plus ce que nous disions. Il rejoignait ainsi l'esprit de Robert Bresson qui se méfiait du côté « métier » des acteurs. Il voulait que ceux-ci perdent tout contrôle de leur personnalité. Notre lassitude était telle que nous n'espérions qu'une chose : que ça s'arrête !

A. A. : Comment réagissiez-vous, Dussolier et toi ?

J.-L. T. : Nous estimions beaucoup Doillon, c'est un homme de talent, et nous faisions ce qu'il nous demandait. Un jour, je lui ai proposé de garder toutes les premières prises : « Nous monterons notre film, et tu verras qu'il sera totalement différent de celui que tu réalises. » Il s'est marré et m'a dit : « Si vous voulez ! » En fait, ça ne s'est jamais fait, puisqu'on n'a jamais pu récupérer les premières prises. Heureusement qu'une complicité amicale me liait à Dussolier. C'est un comédien merveilleux, subtil, intelligent, avec lequel je me suis beaucoup amusé. Le résultat final est excellent, c'est le principal ! Nous sommes très bons, malgré nous, Dussolier et moi. Jane Birkin m'a raconté qu'elle a fait avec Doillon cinquante-quatre prises d'une scène où elle se lavait les cheveux. Chaque fois, elle se shampouinait, on lui séchait les cheveux, et elle recommençait. C'était un cauchemar ! Jane vivait, à l'époque, avec Doillon qui est un type assez pervers. On ne peut s'empêcher de penser qu'il a répété cette prise uniquement pour l'embêter, ou simplement pour se venger d'un petit truc qu'elle aurait pu lui avoir fait. Une autre fois, Doillon a offert à Jane un chien, laid et agressif, le chien le plus affreux que j'aie vu de ma vie. Il aboyait sans cesse et faisait un bruit terrible en respirant. Vraiment une horreur ! C'est un cadeau empoisonné d'offrir un animal. On ne peut pas le jeter !

A. A. : Redevenons sérieux ! Comment composes-tu un personnage ?

J.-L. T. : Il faut trouver, en dehors des situations fournies par le scénario, comment évolue ce personnage dans la vie quotidienne. Quelle peut être sa démarche, comment remplit-il son verre, comment se brosse-t-il les dents, comment met-il ses chaussures, plein de petits détails qui lui donneront une profondeur, une épaisseur. Il ne faut pas faire tel geste simplement parce qu'il est beau. Il est nécessaire que tout ce que le comédien exprime lors du tournage soit inconscient. Il faut avoir nourri son personnage avant, pour s'oublier complètement au moment où la caméra tourne.

A. A. : Comment choisissais-tu tes rôles ? En fonction du sujet, du metteur en scène ?

J.-L. T. : Le réalisateur tout d'abord. Il m'est arrivé de lire de très beaux sujets et de rencontrer ensuite le metteur en scène. Si je ne sentais pas d'atomes crochus avec lui, je ne les faisais pas. Bien sûr, je me suis trompé des tas de fois, mais il est important d'être heureux de retrouver, chaque matin pendant deux ou trois mois, la même personne. J'ai tourné avec un réalisateur qui arrivait le matin en disant : « Oh là, là ! J'ai mal dormi, je suis fatigué ! » Le film a été nul et ennuyeux. Si celui qui doit imprimer le rythme du film est écrasé de fatigue, tout le monde est épuisé sur le plateau. Oui, il me fallait tourner avec des réalisateurs chez qui je sentais une réelle affinité avec mon envie de jouer le rôle.

A. A. : Je profite de cette réponse pour rebondir sur une autre question : dans les années 70, tu tournais sans discontinuer, avais-tu conçu un plan de carrière ?

J.-L. T. : Pas un instant. Si j'avais fait trois films dramatiques, je recherchais plutôt un scénario léger afin de me détendre. Mais je n'ai jamais accepté un film en me disant quelque chose comme « il va sûrement bien marcher et m'aidera dans ma carrière ». Je n'aime pas du tout ce mot, *carrière*.

A. A. : T'est-il arrivé de tourner certains films uniquement parce qu'ils étaient bien payés ?

J.-L. T. : Lorsque j'hésitais à donner ma réponse à propos d'un scénario qui n'était pas mal sans toutefois me passionner, il m'est arrivé de demander des sommes bien au-dessus de mon standing. Je me suis fait envoyer sur les roses quelquefois. Mais en d'autres occasions, on a accepté de me payer beaucoup plus cher que je ne valais. J'avoue avoir un curieux rapport avec l'argent. Je suis à la fois désintéressé et assez cupide. C'est-à-dire que j'ai tourné des films pour rien, et que j'ai même payé pour en faire. *Ma nuit chez Maud* coûtait six cent mille francs. Nous avons été six à donner cent mille francs, François Truffaut, Gérard Lebovici, Barbet Schröder et moi, entre autres. Quand je dis que je suis cupide, c'est donc vrai et faux, parce que, de temps à autre, ça me plaisait aussi d'être très bien payé. À quarante ans, j'étais désorganisé. J'avais une famille, et la feuille d'impôts arrivait toujours plus importante que je ne m'y attendais. Bref, j'avais des problèmes d'argent. J'ai un peu honte de dire cela. Il y a tellement de gens qui gagnent moins et qui s'arrangent avec ce genre de soucis. C'est vrai aussi que j'ai fait beaucoup de films pour des amis en étant payé au pourcentage, ce qui veut dire le plus souvent gratuitement. Mais je n'ai jamais jeté l'argent par les fenêtres. J'ai bien gagné ma vie, mais vraiment rien à voir avec certains acteurs de ma génération comme Belmondo ou Delon qui touchaient des sommes quatre fois supérieures. Mastroianni me disait devoir plusieurs milliards de lires aux impôts. Il avait calculé qu'il en avait pour onze ans de travail avant de s'acquitter de sa dette. « Tant mieux, disait-il en riant, je sais que pendant onze ans je ne pourrai pas m'arrêter de faire l'acteur ! » Il avait certainement accumulé cette dette pour être « obligé » de travailler.

A. A. : Tu as souvent tourné avec des réalisateurs qui débutaient dans le métier ?

J.-L. T. : Maintes et maintes fois.

A. A. : Tu aimais les conseiller, leur faire profiter de ton expérience ?

J.-L. T. : Oh non ! Pas du tout ! Un jeune metteur en scène a énormément de choses à dire. Un premier film, c'est un peu la somme de toute sa vie. Même s'il exprime ses idées d'une façon maladroite, c'est toujours riche et intéressant. Voilà ce qui me plaisait dans les premiers films. J'aime moins les gens dont la valeur est déjà reconnue. Ils ont souvent perdu leur talent. Le vrai talent, c'est quand ils ne savent pas encore comment l'exprimer. Après, c'est le métier qui parle.

A. A. : As-tu des regrets concernant des films que tu as refusés ?

J.-L. T. : Pas vraiment ! J'ai raté quelques films intéressants. En revanche, j'en ai fait d'autres que je n'aurais pas dû faire. Tout cela est normal, ça s'équilibre ! C'est long une vie d'acteur, l'important est de pouvoir continuer, de faire ce que l'on aime. Le succès, ou l'échec, ne nous appartiennent pas. C'est comme la météo : un matin tu te réveilles il fait mauvais, ce n'est pas de ta faute. Un autre jour tu te réveilles et il fait beau : ce n'est pas non plus grâce à toi. Nous essayons chaque fois de faire le mieux possible, dans nos choix, notre travail, et c'est le public qui en fait un succès ou un échec. Quand *Ma nuit chez Maud* fut présenté pour la première fois au Festival de Cannes, la projection fut une catastrophe, je dirais même un emboîtage énorme. Avant le film, il y avait un long court métrage qui se passait entièrement dans une église déserte pendant qu'un organiste jouait *Toccata et Fugue* de Bach (pas mal d'ailleurs). Et dans *Ma nuit chez Maud* se trouvaient trois longues scènes d'église. À partir de la deuxième, les spectateurs ont commencé à chahuter. Ce fut catastrophique ! Le film s'est rattrapé par la suite. Il a même obtenu un assez gros succès. Il est maintenant devenu un classique. Au départ je n'étais pas sûr que le rôle me conviendrait. J'étais prêt à aider le film pour qu'il se fasse, mais sans moi ! L'obstination de Rohmer et de Barbet Schröder a fait le reste ! Barbet me téléphonait, nous dînions ensemble, il me parlait du film. J'avais beau lui dire que si j'avais l'image extérieure du personnage, je ne parviendrais cependant pas à être juste intérieurement. Ils ont insisté. Ils ont gagné, et j'en suis heureux pour eux... et pour moi.

Réflexions sur le métier d'acteur

A. A. : Le métier de comédien fait-il partie des grandes créations artistiques ?

J.-L. T. : C'est sûrement moins « artistique » que musicien, peintre ou sculpteur. Il n'en reste pas moins que c'est un métier qui procure un immense bonheur parce que je trouve extraordinaire de pouvoir participer au talent d'un créateur. Ce que j'ai le plus aimé au cinéma, c'est d'être l'incarnation d'un personnage différent de moi et *réaliste*. C'est pour cela que je suis devenu acteur. Je suis curieux des autres. Il n'y a pas de façon plus intime pour rentrer dans leur peau. Un acteur doit toujours défendre son personnage. Je veux dire par là qu'il ne faut jamais avoir un point de vue critique à son égard, même si l'on joue le pire salaud. Car je ne crois pas que, dans la vie, il se considère comme un salaud. Il justifie ses actes. Il pense qu'il est obligé d'agir ainsi. Au théâtre, le réalisme disparaît souvent. Mais quel plaisir de jouer ! J'avais un ami dont la fille était âgée de six ans. Un soir, je lui ai demandé ce qu'elle voudrait faire plus tard. Elle m'a dit : « Je veux faire un métier d'applaudissements. » Au théâtre, c'est l'auteur, et non plus le metteur en scène, qui devient le plus important de la création. L'acteur y occupe une place plus intéressante qu'au cinéma, car il n'est pas dispersé. Tout est concentré sur son personnage et ceux de ses partenaires.

A. A. : Tu m'as dit un jour où tu étais peut-être un peu désenchanté : « Être comédien, ce n'est pas l'idéal comme recherche d'équilibre. On est plus heureux en étant jardinier. »

J.-L. T. : Si on est comédien, on se met sans cesse en danger, on joue avec ses blessures, on gratte les croûtes, on se fait mal, ce qui est indispensable. Sans cela, on n'est pas un comédien. Si on est jardinier — être un bon jardinier n'est pas chose aisée — on ne se met pas en danger soi-même.

A. A. : Lorsque tu vois l'un des films où tu es acteur, quel sentiment éprouves-tu ?

J.-L. T. : Un sentiment désagréable. Je vois tout ce qui n'est pas bien, je me souviens de tous les à-côtés, j'entends l'assistant qui crie : « Allez ! Lancez le camion ! » Tout cela m'empêche de croire à l'histoire.

A. A. : À propos de ton jeu, t'arrive-t-il de te dire : « Je n'aurais pas dû faire ce geste, ou donner cette intonation » ?

J.-L. T. : Je pense surtout à tel autre acteur qui aurait mieux joué la scène que moi. En général, je trouve que les acteurs surjouent toujours un peu. On devrait être plus simples, mettre moins d'intentions. J'en parle souvent avec Marie. Nous disions l'autre jour que si les acteurs — au cinéma surtout — surjouent souvent, c'est par respect pour le travail des autres. Je m'explique : la préparation d'une scène de film est tellement pointue, fastidieuse même, que lorsque l'acteur arrive pour jouer sa partition, il se croit obligé d'en rajouter un peu pour être au niveau des techniciens. En avançant en âge, je m'efforce d'intérioriser mon jeu. J'ai lu beaucoup de livres sur le métier de comédien : Stanislavski, Jouvet, Dullin, m'ont aidé à comprendre qu'il ne faut jamais « montrer ». Il faut ressentir les choses, et c'est l'œil de la caméra qui vient chercher les sentiments que l'on ressent. Je t'ai dit que je doute toujours, mais là je suis presque certain d'avoir raison. Par exemple, sur le tournage de *Si tous les gars du monde*, Christian-Jaque m'avait indiqué le mouvement d'une scène où j'attendais mon copain Roger Dumas. Je ne faisais rien, ce qui mettait Christian-Jaque en colère. Il me disait : « Comment voulez-vous qu'on comprenne que vous attendez ? Il faut regarder votre montre, manifester votre impatience ! » C'est cela « montrer ». J'étais très timide et je n'ai pas osé lui dire que son indication était nulle. Il a insisté jusqu'à ce que je le fasse. J'étais certain que ce serait mauvais. C'est toujours détestable lorsqu'un acteur montre ce qu'il ressent.

A. A. : Tu me rappelais que tu étais timide. Et je te revois sur l'écran, tenant dans tes bras Brigitte Bardot, Romy Schneider, Isabelle Huppert, Catherine Deneuve, Mireille Darc, Dominique Sanda, Françoise Fabian... Pour un timide...

J.-L. T. : Qu'est-ce que ça a à voir avec la timidité ? J'étais chaque fois intimidé. J'essayais que ça ne se sente pas, mais je l'étais ! J'ai tourné dans *Angélique, Marquise des Anges*. Voilà un film que j'aurais pu ne pas faire ! Mais il est si difficile, lorsqu'on est un jeune comédien, de dire : « Non ! Ce n'est pas un rôle pour moi ! Je ne fais pas l'acteur pour cela ! » Bref, j'ai accepté. Le metteur en scène Bernard Borderie est venu me voir dans ma loge, m'a salué et m'a demandé de rester en caleçon pour la scène de lit que je devais avoir avec Michèle Mercier. J'arrive dans cette tenue grotesque pour être présenté à Michèle, ravissante dans un déshabillé de couleur pâle. « Bonjour madame. — Bonjour monsieur. — Tout est prêt ? demande le metteur en scène. Jean-Louis, Michèle, vous êtes très amoureux. Vous vous glissez sous les draps... À vous de jouer ! » Et me voilà mimant des gestes érotiques avec cette dame qui paraissait aussi gênée que moi ! Crois-moi, je suis presque content d'être vieux pour ne plus avoir à tourner des scènes de câlins !

A. A. : Beaucoup de metteurs en scène t'ont également mis dans les bras de leurs épouses.

J.-L. T. : Peut-être parce qu'ils ne me jugeaient pas dangereux pour leur couple !

A. A. : Je pense à Chabrol avec Stéphane Audran.

J.-L. T. : Et Lelouch ! J'ai tourné avec toutes ses femmes. Truffaut, avec Fanny Ardant, Jacques Doniol-Valcroze, avec Françoise Brion. J'en oublie certainement ! Pour expliquer une telle constance, c'est qu'ils n'éprouvaient aucune crainte !

A. A. : Chaque fois qu'une partenaire célèbre jouait à tes côtés, la presse s'enflammait. Quels rapports as-tu entretenus avec les médias qui se faisaient l'écho de ces tournages ?

J.-L. T. : Je n'ai pas rencontré beaucoup de journalistes très intéressants. J'en ai bien aimé certains, mais la plupart n'offraient pas un grand intérêt. Ils faisaient leur boulot, moi le mien. Ces rapports n'étaient pas vraiment agréables. Il y a un certain temps, un ou deux journalistes se déplaçaient pendant le tournage. Ils posaient des questions et on répondait. Aujourd'hui, à la sortie d'un film, pendant une semaine ou deux, on doit aller dire des sottises à la télévision. Ce sont toujours les mêmes questions qui déclenchent les mêmes réponses, pas trop dérangeantes, afin de donner envie aux spectateurs d'aller voir le film. Le truc bidon et classique, genre : « J'espère que le public s'amusera autant que nous nous sommes amusés en faisant le film. »

A. A. : Il y a aussi les questions traditionnelles : « Est-ce que l'ambiance était bonne ? »

J.-L. T. : « Magnifique ! Délicieuse ! Nous étions une vraie famille ! On s'entendait à merveille ! »

A. A. : Au cours d'un Festival de Cannes, Yves Montand avait accordé une interview à un reporter radio. Ne pouvant supporter d'entendre les questions sur l'ambiance qui régnait pendant le tournage, Montand a répondu au second degré : « Non, le climat de l'équipe était détestable ! Mme Ingrid Bergman était une enquiquineuse ! » Le journaliste a ensuite fait le montage en conservant ces réponses hors de leur contexte ! Montand paraissait ignoble pour les auditeurs ! Ce qui ne reflétait pas la réalité de ses propos.

J.-L. T. : D'autant qu'Ingrid Bergman était un ange de femme. J'ai toujours trouvé Montand très attachant parce qu'il maniait la maladresse avec une naïveté désarmante. Certains journalistes ont souvent exploité sa spontanéité. Ils savaient comment lui faire débiter des lieux communs ! Comme tous ceux qui ont un avis sur tout et sur rien !

A. A. : Au début de ta carrière, quelle influence ont pu avoir sur ton jeu les stars du cinéma américain comme Gary Cooper, Burt Lancaster et tant d'autres ?

J.-L. T. : Je n'ai jamais vraiment eu d'idoles. Même s'il y avait des acteurs qui m'impressionnaient. Je préférais, à cette époque, les acteurs de cinéma à ceux du théâtre. Un de mes préférés était Gary Cooper. La mère de Gary Cooper a raconté qu'elle se trouvait, un soir, dans leur ranch, avec son fils, devant le feu de cheminée. Gary Cooper avait quinze ans. Il regardait les flammes avec une rare intensité. Alors sa mère lui a demandé : « À quoi penses-tu, Gary ? — À rien, Maman. » Et la maman a ajouté : « Ce soir-là, j'ai su qu'il serait un grand acteur. » C'est une belle leçon d'humilité pour un comédien. Gary Cooper était certainement moins stupide que certains l'ont prétendu. Il faisait passer dans son regard une richesse de sentiments qu'il n'éprouvait peut-être pas : bonté, tendresse, générosité.

9
L'homme qui réalisa deux films

André Asséo : Abordons ton expérience de réalisateur. Tu as mis en scène deux films à sept ans d'intervalle. Le premier, *Une journée bien remplie*, avait Jacques Dufilho comme héros. Trente ans plus tard, ce dernier est toujours en extase.

Jean-Louis Trintignant : C'est un film plutôt macabre, mais totalement dédramatisé et teinté d'humour noir. Il conte l'histoire d'un boulanger, dans un petit village du Gard, dont le fils a été condamné à mort. Il décide de venger son enfant en tuant les sept jurés. Il a préparé ses meurtres qu'il doit exécuter dans la même journée avant que l'on puisse faire le lien entre les sept victimes. Unité de lieu, de temps et d'action. Ce sont les règles de la tragédie classique. Rien à voir avec Racine, mais il y a dans ce genre une force et une rigueur qui me fascinent. Je voulais aussi respecter la règle essentielle du Nouveau Roman : pas de psychologie, ne jamais étaler ses sentiments. Quand je raconte les choses de cette façon on peut penser que c'est un film intellectuel, pas du tout ! Au contraire. J'ai donc refusé tout dialogue. Les acteurs parlent très peu, et jamais pour exprimer un état d'âme. J'ai eu beaucoup d'enthousiasme pendant que j'écrivais, puis durant le tournage. J'ai même cru qu'il aurait un succès commercial. Il a obtenu une bonne critique, mais ce ne fut pas un succès. Cependant, le film vit toujours. On me demande parfois de le présenter dans des ciné-clubs. Cela dit, je lui vois pas mal de défauts, et s'il n'a pas marché c'est qu'il le méritait.

A. A. : Pour ce premier film, tes études à l'IDHEC t'ont aidé à maîtriser certains problèmes techniques ?

J.-L. T. : Oui et, en même temps, elles m'ont peut-être desservi. Ayant été acteur pendant des années, j'aurais pu profiter de l'expérience que j'avais acquise. Or, au contraire, j'ai voulu complètement oublier tout cela, et ne m'intéresser qu'à la technique. Par exemple, je ne voulais pas tourner à la vitesse normale de 24 images/seconde. Je tournais soit un peu plus vite, soit un peu plus lentement. Lorsqu'on voit le film — on ne s'en rend pas toujours compte —, c'est parfois un tiers plus rapide ou un tiers plus doucement. Comme il n'y avait pratiquement pas de dialogues, je pouvais me le permettre. Je n'étais pas tenu par le synchronisme de la voix. J'ai aussi tourné avec plusieurs caméras pour éviter tout raccord. J'ai donné beaucoup d'importance au son et à la musique. En fait, je voulais sortir de la monotonie du cinéma, faire un film poétique. Je l'ai tourné dans des lieux très réalistes, mais je ne voulais pas que le film le soit. Je désirais qu'il y ait un décalage par rapport à la réalité. Je ne voulais pas faire « un film de plus ».

A. A. : En écrivant *Une journée bien remplie* tu écoutais de la musique classique ?

J.-L. T. : Mahler surtout. Et Bach dont j'adore la musique. C'est magnifique et enthousiasmant. En deux mots, c'est mathématique et poétique.

A. A. : Avant *Une journée bien remplie*, tu avais réalisé un court métrage, *Les Yeux de Nana*, en 1968.

J.-L. T. : Je l'avais fait pour la télévision. J'étais, à l'époque, influencé par Lelouch. Je l'avais donc tourné caméra à l'épaule, de même que trois ou quatre reportages pour une émission célèbre à l'époque, *Dim Dam Dom*. J'ai même tourné une scène caméra à l'épaule dans *Une journée bien remplie*. Je m'étais dit que je gagnerais du temps si, au lieu d'expliquer à l'opérateur ce que je voulais, je le faisais moi-même. J'ai pris une caméra et j'ai tourné, pendant que lui filmait le plan qui avait été établi. Lorsqu'il s'en est rendu compte, il est devenu furieux et il voulait me casser la gueule ! Il n'avait pas totalement tort. C'était un manque de respect envers lui. Finalement, je pensais que les techniciens apprécieraient ma démarche. Pas du tout !

A. A. : Deuxième film que tu as réalisé, en 1979, *Le Maître-Nageur* avec Stephania Sandrelli, Jean-Claude Brialy, Guy Marchand et Moustache.

J.-L. T. : C'est un film plutôt raté. C'était l'histoire d'un type qui était tellement riche qu'il n'avait plus besoin de marcher. Il vivait dans une voiture de paralytique. Comme il s'ennuyait, il avait organisé dans sa somptueuse piscine un marathon. Celui qui resterait le plus longtemps dans l'eau gagnerait une forte récompense. Mais malheureusement, celui qui gagne meurt dans la piscine. J'avais fait un découpage précis avec une luma que le producteur m'avait proposée. La luma est une caméra actionnée à distance, au bout d'une grue articulée qui, montée sur un travelling, me permettait de filmer très précisément plusieurs personnages dans la piscine. C'était intéressant et novateur, d'autant que la luma était alors un prototype unique. Donc, après quelques jours de tournage, le producteur me dit que nous n'allons pas pouvoir garder la luma qu'un riche producteur-réalisateur américain (Spielberg) voulait utiliser. On nous l'a enlevée et j'ai dû continuer le film que j'avais presque entièrement imaginé à l'intérieur de la piscine. Je réécrivais les scènes pendant le tournage, j'étais assez perdu.

A. A. : Et tu t'es noyé dans la piscine !

J.-L. T. : Eh oui ! Bref, c'est un film raté et qui n'a obtenu aucun succès.

A. A. : Cet échec t'a fait mal ?

J.-L. T. : Oui, moins que pour le premier film. Je commençais à m'habituer... L'échec d'*Une journée bien remplie* avait été plus douloureux. C'est que je n'avais pas les qualités pour être un vrai metteur en scène. Je viens de raconter une raison de l'échec de ce film — la luma —, mais je le regrette déjà. Il faut aller au-delà. Il vaut mieux chercher à comprendre pourquoi on n'a pas réussi plutôt que de donner des raisons à son échec.

A. A. : Nous avons parlé de l'égocentrisme qu'un réalisateur doit avoir — savoir exploiter les douleurs des acteurs. Avais-tu ces qualités de force ?

J.-L. T. : Non, et il est certain que cela a constitué l'une des raisons de ces échecs. On pose soixante questions chaque jour à un metteur en scène, genre : « Quelle couleur voulez-vous qu'ait la voiture qui va passer ? » Je n'y avais pas pensé ! Je répondais n'importe quoi. D'autre part, je ne suis pas un meneur d'hommes, je ne suis pas fait pour être un leader ! Lorsque Z a été présenté à Cannes, nous étions toute une délégation à gravir les marches du Palais. Yves Montand était devant. Tous les autres derrière ! Je trouvais confortable d'être caché par le grand Montand. Ça me plaisait d'être dans l'ombre. Voilà ! Je suis plus un homme de l'ombre qu'un leader !

A. A. : Je connais beaucoup de metteurs en scène qui ne sont pas des hommes à poigne. Je pense à Claude Chabrol, à propos duquel tu me disais que tourner avec lui est un enchantement.

J.-L. T. : Chabrol est un homme magnifique que j'estime beaucoup. Mais je pense qu'il aurait pu faire encore mieux s'il avait été un peu moins souple. Il est peut-être trop intelligent pour diriger un film. C'est ce que disait Vittorio Gassman en parlant de Dino Risi lorsqu'on tournait *Le Fanfaron* : « Risi est un type formidable. Il n'a qu'un défaut, c'est d'être trop intelligent ! » C'était exagéré, mais pas totalement faux. Ancien psychanalyste, Risi était très attentif aux autres. Il ne doit pas y en avoir beaucoup dans le cinéma. Son ancienne profession lui a enseigné la curiosité des gens.

A. A. : Toi, es-tu curieux et attentif aux gens ?

J.-L. T. : Oui, beaucoup. Enfin, je pense... Ma curiosité est plus faite de sensibilité que d'intelligence.

A. A. : J'aime cette phrase, qui est de toi : « J'ai dû être ambitieux, mais je ne m'en souviens plus. »

J.-L. T. : J'ai quitté Paris en 1975. Voilà donc plus de vingt-cinq ans que je vis ici. Il est certain que si j'étais resté dans la capitale, j'aurais certainement fait une carrière plus brillante. Un acteur qui vit à Paris a sûrement plus d'occasions de faire des choses intéressantes que celui qui habite à huit cents kilomètres. J'ai passé six mois à Paris pour jouer au théâtre. Au début, j'ai essayé de faire des choses, de visiter les musées. J'adore les œuvres d'art, mais c'est fatigant les musées. On piétine sans cesse. Alors, j'ai décidé d'aller à la campagne. J'ai loué une voiture, mais tout est compliqué ! Je me sentais prisonnier de la ville. C'est tellement long et difficile d'en sortir. J'ai été pris dans des embouteillages pendant des heures. S'il faut respirer les gaz d'échappement, ça ne vaut pas la peine d'aller à la campagne ! Trop cher payé ! Je me suis alors dit que Paris est une ville magnifique et que j'allais marcher. Mais je me sentais asphyxié. Je craignais d'avoir des problèmes au théâtre, le soir. Alors, je restais toute la journée dans ma chambre d'hôtel et n'en sortais que pour aller au théâtre. Je lisais pas mal. Je réfléchissais... et je trouvais que c'était ce que j'avais de plus intéressant à faire à Paris. Je me suis enfermé dans une psychose... la peur de la ville. Quelquefois, après la matinée du dimanche, je m'évadais en avion jusqu'au mardi. Mais je ne me sentais pas bien non plus. J'avais peur des grèves, les retards aériens... Pour profiter de la nature, il faut être libre ! Je ne crois pas être capable de revenir à Paris, même pour le théâtre. On m'a proposé quelques pièces vraiment bien. Je les ai refusées. Et je ne le regrette pas. *Comédie sur un quai de gare* est une affaire de famille, c'est différent ! J'insiste, vivre à Paris est un calvaire. Surtout à mon âge ! Quand on a trente ans, on peut se dire qu'on va sacrifier une année ! C'est peut-être ma dernière année... Un jour ou l'autre je serai sous perfusion ! *(Rires.)* C'est vrai ! Je ne suis pas du tout ambitieux : si je l'avais été un tant soit peu, carriériste, je ne serais pas venu vivre en province.

10
Passion 1 : la poésie

André Asséo : La poésie a toujours été l'une de tes passions. Déjà gosse, tu avalais *Paroles* de Jacques Prévert.

Jean-Louis Trintignant : C'est une poésie plutôt facile qui m'a ouvert à Rimbaud, Verlaine, Apollinaire. Je ne pense pas que la poésie puisse être traduite. J'ai essayé de lire des poètes étrangers dont on me disait monts et merveilles, j'ai toujours été déçu : par exemple, Federico Garcia Lorca est sûrement un grand poète espagnol, mais traduit en français il perd de son intérêt. Même Shakespeare dont j'ai lu attentivement les sonnets, qui sont superbement traduits, perd de sa magie.

A. A. : Qu'est-ce qui t'attire dans la poésie ?

J.-L. T. : La musique des mots, le concentré de l'écriture, dire en peu de vers ce qu'un romancier mettrait une page à exprimer. Tu lis un poème, tu t'arrêtes sur un vers, tu le lis, tu le relis, tu peux t'en régaler toute une journée. Il existe souvent des zones d'ombre, des intentions qu'on ne comprend pas immédiatement. C'est souvent une pensée profonde qui est exprimée d'une manière nouvelle. Même lorsque je ne comprends pas, je suis curieux de cette nouveauté.

A. A. : Lorsque tu ne saisis pas le sens des mots, qu'est-ce qui t'attire ? La musique qui s'en dégage ?

J.-L. T. : Non, pas seulement la musique. Je vais te dire un vers du *Bateau ivre* de Rimbaud : « Des cieux ultramarins aux ardents entonnoirs... » La musique est belle, mais c'est l'image qui est magnifique. Ce sont des cieux comme on ne les voit pas, mais que l'on pourrait imaginer. Je ne comprends pas exactement la signification de cette image, mais elle m'enchante. J'avais une belle-sœur qui était une idiote totale. Son critère était précis pour tout ce qu'elle ne comprenait pas. Elle disait : « C'est bête ! » Lorsqu'elle a vu *Hiroshima, mon amour*, le merveilleux film d'Alain Resnais, elle s'est écriée : « Que c'est bête ! » Dès qu'elle ne comprenait pas, elle réagissait ainsi. Dans la poésie, il y a des tas de vers que je ne comprends pas, et je ne dis pas : « Que c'est bête ! » Je trouve au contraire que c'est souvent extraordinaire.

A. A. : Tu m'as dit que les poèmes ne sont pas faits pour être lus, mais pour être dits.

J.-L. T. : C'est vrai qu'il faut les lire à haute voix. J'ai enregistré des kilomètres de bandes magnétiques. J'ai dû dire *Le Bateau ivre* quatre ou cinq cents fois. Je n'ai jamais été satisfait. À certains moments je me disais : « Ça y est ! Tu as trouvé le ton ! » J'ai essayé une fois de plus, il y a une semaine. Je recommencerai encore, et encore.

A. A. : Tu enregistres pour ton plaisir ?

Passion 1 : la poésie

J.-L. T. : Oui, uniquement. J'avais enregistré *La Prose du Transsibérien* de Blaise Cendrars pour ma maman qui était aveugle à la fin de sa vie, ainsi que plusieurs livres qu'elle aimait. *La Prose du Transsibérien* est un poème qui doit durer plus d'une heure. J'ai fait un disque de ce poème, en Belgique (je n'avais malheureusement pas trouvé d'éditeur en France). Enregistrer des poèmes, j'ai essayé de le faire lorsque je ne sortais pas de ma chambre d'hôtel à Paris. J'avais tout : le matériel et les textes. En vain. Peut-être n'était-ce pas la bonne période. C'est comme la musique. Pendant ces longues journées parisiennes, je passais des heures entières à écouter de la musique. Parfois même, le même disque. Écouter, réécouter. Cela devenait presque abstrait, j'arrivais à ne plus rien ressentir. C'est une chance de pouvoir vibrer, d'être ému et transporté, en écoutant un disque. Ce sont des moments rares. Mais on ne peut pas passer sa vie à écouter de la musique. Les périodes se succèdent avec des envies différentes. J'aime bien faire de bons repas, mais c'est vrai qu'après un bon repas, puis un autre, puis un autre, on n'en a plus envie. Je ressens un peu la même chose pour la musique. Il y a des moments où je me refuse à en écouter. J'ai quelquefois des écœurements de musique qui durent pendant des semaines.

A. A. : Tu as servi la poésie ces derniers temps en montant deux spectacles, l'un consacré à Apollinaire, l'autre à Aragon. Parlons d'abord des *Poèmes à Lou* de Guillaume Apollinaire, où Marie jouait à tes côtés. Ce spectacle, qui n'était pas évident, a obtenu aussi bien à Paris qu'en province un énorme succès.

J.-L. T. : C'est normal. Apollinaire c'est très simple. Tout le monde connaît « Sous le pont Mirabeau coule la Seine... » Il est exact que les *Poèmes à Lou* sont des œuvres moins connues que *La Chanson du mal-aimé*. L'un des grands intérêts du spectacle provenait de l'ambiguïté qu'il y avait, à cause ou plutôt grâce à Marie. Car dans les *Poèmes à Lou* il n'y a pas de femme, pas de poème écrit par Lou. Le public pensait que j'étais Apollinaire et que Marie incarnait Lou. Et ce n'était pas ça ! On se partageait les poèmes, parfois on répétait le même. C'était, en fait, un amour des vers et des mots du poète qui nous avait guidés, plutôt qu'une logique. L'ambiguïté était réelle parce que Marie est ma fille, et qu'elle disait des poèmes d'un homme destinés à la femme qu'il aimait. Lorsqu'elle me regardait en disant : « Je voudrais que tu sois ma sœur pour t'aimer incestueusement », il est certain que cela provoquait une résonance plus grande dans le public.

A. A. : Quelle idée maîtresse t'a conduit à monter ce spectacle ?

J.-L. T. : Je savais que Marie aimait la poésie d'Apollinaire : je m'amusais souvent à enregistrer des poèmes que je lui envoyais. À son tour elle les enregistrait et me les faisait parvenir. Un jour, Marie m'a dit : « C'est dommage que tout cela reste entre nous. C'est un peu égoïste, on devrait voir si cela peut intéresser d'autres personnes. » Alors on a commencé, timidement, à le jouer à Nîmes, à Arles où, grâce à Actes Sud, il existe une vraie vie culturelle, puis à Nice. Le spectacle s'est mis en place peu à peu. J'ai pensé qu'il serait intéressant de mélanger de la musique à tous ces textes qui étaient peut-être un peu rudes à l'écoute : nous avons essayé différentes musiques, et notre choix s'est fixé sur Erik Satie. Les morceaux choisis étaient écrits pour le piano, mais c'est un saxophoniste, Paul Bayle, qui les jouait sur scène. L'ensemble de toutes ces idées a fait des *Poèmes à Lou* un spectacle très riche, cohérent, joué au Théâtre de l'Atelier, qui n'est pas spécialisé dans la poésie. En plus, nous avons donné *Poèmes à Lou* aux mois de mai et juin, période habituellement très mauvaise pour les théâtres parisiens. Et la salle était pleine chaque soir ! Pour entendre des poèmes d'Apollinaire ! C'était incroyable !

A. A. : Le même spectacle interprété par deux inconnus n'aurait sans doute pas eu le même retentissement.

J.-L. T. : Je ne suis pas sûr. Si j'avais été spectateur et vu deux inconnus dire ces textes, j'aurais été enchanté !

A. A. : Deuxième spectacle poétique que tu as joué en province, *La Valse des adieux* de Louis Aragon.

J.-L. T. : L'idée est venue de ce très grand metteur en scène de théâtre qu'est Antoine Bourseiller. C'est lui qui a déniché ce texte de vieillesse d'Aragon. Au début, ce devait être un spectacle avec décor, et lors des répétitions on a retiré peu à peu toute forme théâtrale jusqu'au moment où je me suis retrouvé seul sur scène, assis à un bureau, en train de dire ce texte. J'étais accompagné d'un accordéoniste qui intervenait d'une façon souvent organisée, mais parfois improvisée. Nous avons joué ce spectacle, Daniel Mille et moi, dans différents pays. En Angleterre, en Italie, en Espagne, au Maroc, avec un énorme succès. Aragon est un immense poète. Curieusement, Apollinaire et lui se sont connus. Ils faisaient partie du même groupe du Bateau-Lavoir à la fin de la Première Guerre mondiale. Apollinaire, qui avait quinze ans de plus qu'Aragon, est mort assez jeune, en 1918. On l'imagine d'une autre époque, sans doute parce qu'il est mort à trente-huit ans tandis qu'Aragon a vécu jusqu'à l'âge de quatre-vingt-six ans.

A. A. : Si tout le monde admet qu'Aragon fut un grand poète, on peut cependant être gêné — même dans *La Valse des adieux* — par tous ses mensonges, en particulier sur le plan politique.

J.-L. T. : Ce qui est bouleversant dans ce texte, c'est qu'il en parle. Il reconnaît certaines de ses erreurs. Il était stalinien, et même s'il savait une quantité de choses que nous ignorions, il restait avant tout communiste. « La fin justifie les moyens. » Ce dogme justifie l'attitude d'Aragon.

A. A. : Tu ne penses pas que la responsabilité de l'intellectuel est plus grande que celle exprimée par qui que ce soit d'autre ?

J.-L. T. : Je trouve intéressant que ses idées politiques aient guidé Aragon vers une poésie d'autant plus belle qu'elle était nourrie d'opinions profondes, même si elles sont contradictoires. Je trouve l'écriture de Proust magnifique, mais il nous raconte l'histoire d'une bourgeoisie décadente. Personnellement, je préfère Céline, même si ses idées politiques me choquent. *Voyage au bout de la nuit* remue des sentiments et des idées qui me bouleversent. Et pourtant Céline était sûrement un type détestable, humainement. Si nous avions connu Rimbaud, nous l'aurions certainement trouvé insupportable, sa poésie n'en demeure pas moins magnifique. Il faut différencier l'œuvre du créateur. Comment se comportaient dans la vie Picasso, Bach, Molière, Van Gogh ? Est-ce vraiment important de le savoir ? André Gide aussi fut communiste.

Passion 1 : la poésie

A. A. : Il n'a pas défendu le goulag, ce qu'Aragon a fait !

J.-L. T. : C'est un peu comme le pari de Pascal. Il y a une chance sur mille que Dieu existe. Ce serait la plus belle chose qui puisse arriver. Il vaut donc mieux jouer cette seule chance sur mille et laisser les neuf cent quatre-vingt-dix-neuf autres qui n'ont pas d'intérêt. Je pense que le communisme, c'est ça ! Il était impensable que cette doctrine puisse triompher, mais s'il avait existé la moindre chance de réussite, ça aurait été tellement plus beau que toutes les autres idées politiques et économiques. C'est pour cela que j'ai pensé communiste. Cette idée me plaisait parce qu'elle représentait la solution, et même si je doutais qu'elle fût réalisable maintenant, elle valait la peine d'être défendue.

A. A. : Ne trouves-tu pas que vingt millions de morts pour parvenir à cette solution est un prix un peu lourd à payer ?

J.-L. T. : Tu as raison, nous ne sommes pas prêts à être communistes. Pas encore, c'est trop tôt !...

11

Passion 2 : l'automobile

André Asséo : L'automobile est l'une de tes passions : est-ce parce que ton oncle, Maurice Trintignant, était l'un des grands champions de son époque ?

Jean-Louis Trintignant : Il fut un grand pilote. La Formule 1 n'était pas organisée comme aujourd'hui. Il a couru pour Ferrari, Lotus, Bugatti. À cette époque, les écuries n'existaient pas : le constructeur préparait la voiture et il n'y avait pas de mécaniciens qui assistaient le coureur au stand. Seul un ingénieur, de temps à autre, s'intéressait à l'automobile, les membres de la famille et les amis constituaient le plus gros de l'assistance. J'allais souvent voir Maurice, lorsque j'étais adolescent. Je bricolais sans savoir faire grand-chose. Mais j'étais plein de bonne volonté. Tout cet univers remplissait mes rêves. Je trouvais ce monde magnifique, extraordinaire et, en plus, poétique. C'est une chose bizarre de rouler quatre kilomètres sur un circuit et de faire ensuite cinquante tours identiques. C'est ahurissant et inutile. En fait, pas complètement inutile parce que les essais effectués sur une voiture de course profitent plus tard à M. Tout-le-Monde. Par exemple, les freins à disque, qui ont constitué un progrès énorme, viennent de la compétition : ils sont apparus il y a une trentaine d'années aux 24 Heures du Mans, sur les Jaguar de l'équipe officielle — qui a d'ailleurs gagné cette année-là.

A. A. : C'est en voyant ton oncle courir que tu as eu envie de faire de la compétition ?

J.-L. T. : Non, j'ai commencé très tard, à plus de quarante ans, à l'âge où les pilotes se retirent généralement. J'ai profité de ma notoriété de comédien pour courir, sinon on ne m'aurait pas confié de voiture. Ou alors, j'aurais dû payer : ça coûte très cher la course automobile, et je n'avais pas les moyens. D'autant qu'il y avait des gens meilleurs que moi ! J'étais plutôt moyen. J'ai quand même été engagé par British Leyland en formule de production, c'est-à-dire pour piloter des voitures de tourisme très améliorées. C'était un championnat auquel participaient d'anciens pilotes comme Beltoise ou Laffitte qui avaient fait carrière en Formule 1. Mon meilleur résultat a été troisième, ce qui n'était pas mal vu le niveau élevé des pilotes. J'ai couru aussi les 24 Heures du Mans : c'est une compétition prestigieuse et très médiatisée, pourtant ce n'est pas une de mes courses préférées. C'est une compétition plus intéressante pour les constructeurs que pour les pilotes. On n'utilise pas les voitures à fond. Par exemple, au bout de la ligne droite des Hunaudières, on pourrait ne freiner qu'à quatre-vingts mètres du virage. On freine pourtant à cent cinquante mètres pour ne pas fatiguer la mécanique. Rends-toi compte : au bout de cette ligne droite, on est à 350 kilomètres à l'heure et on ne négocie le virage, très serré, qu'à 60. On tombe de 350 à 60 ! En Formule 1, les voitures freinent bien plus tard.

A. A. : C'est sur la ligne droite des Hunaudières au Mans que tu as eu un accident ?

Passion 2 : l'automobile

J.-L. T. : C'était au petit matin. J'ai pris mon relais vers 7 heures et j'ai trouvé la voiture un peu bizarre. Je me suis d'abord dit que ça devait être moi qui étais bizarre ! J'avais pourtant dormi. J'ai effectué un tour, je ne sentais pas la voiture, mais j'ai pensé : « Comme je suis un pilote amateur, si je m'arrête au stand ils vont me l'enlever. Ils vont croire que je ne suis pas capable de conduire une voiture aussi puissante. » Je ne me suis donc pas arrêté, bien que la voiture s'avérât de plus en plus difficile à conduire. Dans les grandes courbes elle se baladait. Au deuxième tour, dans la grande ligne droite, le pneu arrière gauche a explosé, et je me suis retrouvé sur la jante. J'étais à 325 km/h ! C'était une Porsche biturbo de 800 CV ! Lorsque j'ai vu dans le rétro que le pneu partait en lambeaux, j'ai pensé que j'allais me tuer, que ma passion allait me coûter très cher. À cette vitesse, on sait que ça pardonne rarement. Je suis allé taper dans le rail, et j'ai eu le bon réflexe de couper le coupe-circuit qui stoppait toute l'électricité de la voiture. J'ai alors tapé dans le rail une deuxième fois. J'étais obsédé par l'idée que la voiture allait s'enflammer. Nous étions en 1981 et les incendies de voiture étaient beaucoup plus fréquents qu'aujourd'hui. J'ai tapé de nouveau dans le rail situé de l'autre côté, et ainsi de suite. J'ai tapé en tout six fois et j'ai fait huit cents mètres avant que la voiture ne s'immobilise, dans un état épouvantable ! J'étais assis dans mon fauteuil sans une seule égratignure ! J'ai eu une chance folle ! Ma voiture n'avait heurté le rail que sur les côtés. Si elle avait tapé de face, je me serais certainement tué. Tout cela a duré une trentaine de secondes durant lesquelles j'ai pensé vraiment que je ne m'en sortirais pas. J'avais cinquante ans et encore plein de choses à faire.

A. A. : Excepté les 24 Heures du Mans, tu as fait d'autres compétitions automobiles ?

J.-L. T. : J'ai participé à des tas de courses : du rallye-cross — une partie sur route et une partie sur terre ou circuit —, des courses de côte, différents rallyes. Je ne suis jamais parvenu au top niveau, mais tout cela me passionnait vraiment.

A. A. : Quels plaisirs procurent de telles vitesses ?

J.-L. T. : Ce n'est pas la vitesse que j'aime. Au début, c'est vrai que c'est impressionnant parce qu'on ne roule jamais à 300 à l'heure dans la circulation normale. On a l'impression que la route devient toute petite, étroite. Et puis, quand on l'a fait deux ou trois fois, on s'y habitue, ce n'est pas tellement difficile. Les voitures sont maintenant équipées d'énormes roues qui facilitent la tenue de route. Peut-être est-ce pour dégager une agressivité que je n'ai pas dans la vie courante... Peut-être. Parce que la course automobile compte parmi les sports les plus violents. Ce que j'aime dans la course, c'est freiner le plus tard possible, passer un virage au maximum de vitesse. Si on se trouve à 200 à l'heure dans une courbe et qu'on a été optimiste sur la vitesse d'entrée, on ne peut plus reculer. Il ne faut surtout pas lever le pied, car ce qui tient la voiture, c'est l'accélération. Si on lève le pied, on part en tête-à-queue. Ce sont vraiment des sensations extraordinaires ! Ce qui est le plus passionnant au départ d'une course, ce sont les vingt-cinq voitures qui abordent ensemble le premier virage. Tous les pilotes veulent passer en tête et, bien sûr, ce n'est pas possible. Alors, ça se touche un peu. En fait, ce n'est pas très dangereux et on éprouve une telle sécurité, une telle assurance ! C'est un peu idiot de dire cela, il ne faut pas penser qu'on appartient à une catégorie supérieure par rapport aux autres automobilistes. Je refuse cette idée que je trouve un peu fasciste ! J'ai fait plusieurs rallyes, des grands, des petits. Je n'en ai jamais gagné un. Même le plus petit ! J'ai couru six fois celui de Monte-Carlo où nous passions des cols souvent enneigés ou verglacés. Eh bien, lorsqu'on sort d'un rallye de Monte-Carlo, c'est incroyable l'impression qu'on a de bien conduire. On est passé dans des situations tellement extrêmes que, forcément, on a appris à maîtriser tous les dangers.

A. A. : Tu as fait partie de l'écurie de Moustache ?

J.-L. T. : Moustache avait monté une écurie avec différents artistes, Claude Brasseur, Serge Marquand, Guy Marchand, Gérard Pirès, Loïc Perron, Rémy Julienne, des sportifs comme Jean-Claude Bouttier. Ça s'appelait le Star Racing Team. On faisait des courses en lever de rideau des Grands Prix de Formule 1. Nous faisions des compétitions entre nous. C'est ce qui m'a donné l'envie d'aller plus loin et de courir à un niveau professionnel, avec de vrais pilotes.

A. A. : Nous parlions des rallyes auxquels tu as participé. C'est là que tu as rencontré Mariane Hoepffner qui fut championne de France de rallye, et que tu as épousée.

J.-L. T. : Elle était un super pilote. La grande différence entre nous, c'est que je conduisais un peu au-dessus de mes moyens, et qu'elle était toujours un peu en dessous. C'est ce qui différencie le pilote amateur et le professionnel. Nous avons fait une fois le rallye de Monte-Carlo en équipe. Nous conduisions une épreuve spéciale chacun notre tour. La première fois où j'ai été pilote et elle coéquipière, elle était morte de peur. À tel point qu'elle voulait arrêter. Finalement, nous avons terminé le rallye. Elle a conduit tout le temps, et j'ai fait le coéquipier ! Elle était incroyable ! Elle allait très vite sans jamais toucher les bords de route souvent caillouteux. Elle savait qu'il y avait un risque de crevaison. Elle est bien meilleure que moi ! Elle donnait l'impression d'être très raisonnable au volant, de ne jamais aller vite. Alors que moi j'accélérais dans des endroits où il faut savoir ralentir. Je voulais prendre certains virages très serrés beaucoup trop rapidement pour gagner quelques secondes. Ça n'en valait pas la peine. J'esquintais la voiture et je lui faisais peur. J'avais un jour un coéquipier, lui-même très bon pilote et très sympathique, Yves Jouany. Il me disait : « Ce n'est pas que tu ailles vite, mais tu fais peur ! » Cela dit, j'ai fait six fois Monte-Carlo, j'ai toujours terminé la course, et j'ai fini entre 20e et 65e. C'est pas mal si l'on tient compte des voitures avec lesquelles je courais. Mais, honnêtement, même si j'avais eu la meilleure voiture, je n'aurais pas gagné. J'ai une très grande admiration pour les pilotes de rallye. C'est encore plus impressionnant que la Formule 1.

A. A. : Sur route, tu conduis très vite, tu prends certains risques en doublant ?

J.-L. T. : Je ne prends aucun risque. Je conduis un peu vite quand je n'ai pas peur des gendarmes. Lorsqu'on se trouve sur une autoroute où il n'y a aucune circulation, ce n'est pas naturel de rouler à 130 à l'heure.

A. A. : Tu respectes le 130 ? (*Un silence.*) Pas de réponse ?

J.-L. T. : Je prends un joker !

12

Passions, etc.

André Asséo : *Passion* est le mot le plus juste pour évoquer l'amour que tu portes à ta fille, Marie. Lorsqu'elle avait cinq ans, tu lui as dit une phrase magnifique : « Essaie de ne pas faire de bêtises, parce que je n'aurai jamais le courage de te gronder. »

Jean-Louis Trintignant : Et elle n'a jamais fait de bêtises ! Ce n'est pas parce qu'elle est ma fille, mais c'est quelqu'un d'extraordinaire. Tout à l'heure elle m'a appelé de Venise, simplement pour me dire qu'elle était heureuse. Qu'elle me téléphone pour que je partage son instant de bonheur m'a fait un immense plaisir ! Marie est à la fois gentille, douce, et douée d'une très forte personnalité. Elle a quatre garçons, qu'elle a eus de quatre hommes différents. Il faut un certain courage pour assumer cette responsabilité. Elle a vécu deux ou trois ans avec chacun, passionnément, elle n'a jamais menti ou trompé ses compagnons, et lorsque ça n'allait plus, ils se quittaient. Elle vivait seule puis rencontrait quelqu'un d'autre. Aujourd'hui elle est mariée, pour la première fois, avec Samuel, une merveille d'homme. Marie a toujours eu une vie pure, honnête, très simple et très compliquée ! Elle a toujours vécu comme elle le désirait, tout en se comportant extrêmement bien. Et, crois-moi, avoir quatre enfants et exercer le métier de comédienne, ce n'est pas simple. Par bonheur, elle gagne suffisamment d'argent pour faire vivre tout son petit monde.

A. A. : Tu me disais qu'elle était heureuse de te faire partager ses joies. Elle te fait part aussi de ses peines ?

J.-L. T. : Non, elle ne le veut pas ! Mais Marie est d'une nature assez heureuse.

A. A. : Quel genre de grand-père es-tu ?

J.-L. T. : Je ne suis pas un très bon grand-père. Les enfants m'intéressent, mais moyennement. Ça me plaît de les voir évoluer, sans plus. Je n'ai pas la constance nécessaire pour être un grand-père responsable.

A. A. : Tu parles moins de ton fils Vincent que de Marie.

J.-L. T. : C'est vrai. Je m'en occupe moins bien. Il sait que j'ai une passion pour sa sœur. Il adore aussi Marie, et nous ne nous cachons pas nos sentiments. Il travaille comme assistant de cinéma.

A. A. : Si l'on considère Marie « hors passion », tu as eu quelques engouements plus terre à terre. Ainsi, tu as longuement pratiqué dans tes jeunes années un jeu superbe et dangereux : le poker.

J.-L. T. : C'est vrai, j'ai longtemps trouvé ce jeu passionnant. Ma mère jouait deux fois par semaine avec des amis. En fait, elle ne jouait pas très bien, elle était trop spontanée. Elle perdait, oh pas des sommes importantes, mais elle se faisait tout de même « plumer ». Je me disais en la regardant : « Quand je serai grand, je la vengerai ! » Lorsque j'ai commencé à jouer, je voulais de toutes mes forces être un gagneur.

A. A. : Il faut être méchant pour bien jouer au poker ?

J.-L. T. : Pourtant, elle l'avait, la méchanceté ! Sérieusement, le principe du poker est d'attaquer l'adversaire sur ses défauts qu'il faut mettre à jour. C'est un jeu cruel ! Je suis parfois entré dans des parties très chères, avec Yves Montand en particulier. Il perdait régulièrement lorsqu'il a débuté. Puis il a joué de mieux en mieux et est devenu un joueur très fort. J'ai participé à des parties très intenses, très difficiles, où il fallait avoir une concentration énorme. Le jeu durait toute la nuit. Nous étions sept joueurs pour six places. On se remplaçait à tour de rôle. On observait quinze minutes de repos toutes les heures. Dans ce genre de partie, le danger est de se laisser disperser. Il ne faut penser à rien d'autre. Même si le lustre tombe sur la table il ne faut pas y faire attention ! C'est sans doute l'une des raisons qui m'ont fait abandonner ce genre de parties. Il m'arrive de jouer d'une façon détendue et sympathique, avec Jean Ferrat et ses amis. C'est tellement amical. On bavarde de tout et de rien. Le poker est un prétexte à se rencontrer. C'est-à-dire que je ne suis plus joueur.

A. A. : C'est surtout dans ta jeunesse que tu jouais ?

J.-L. T. : Lorsque j'étais étudiant à Aix-en-Provence, mes parents avaient un commerce qui ne marchait pas très bien. J'ai pu les aider quelquefois avec mes gains. Je me sentais investi d'un devoir d'homme ! J'aime bien les mathématiques : j'avais calculé que si j'avais en main deux as, j'avais une chance sur quarante et une de monter un brelan, une chance sur soixante-sept de faire full. C'était un calcul précis, rigoureux, que je faisais très vite. J'engageais l'argent par rapport aux chances que j'avais. Les gens avec qui je jouais n'avaient pas la même envie que moi de gagner. Forcément, mes chances étaient plus grandes.

A. A. : Venons-en à une autre passion, tellement plus importante, celle du vin, qui te vient de ton grand-père qui était vigneron.

J.-L. T. : Je suis grand amateur de vin. Et... j'en ai bu beaucoup ! J'ai d'ailleurs une très jolie cave. Un principe essentiel est d'acheter les grands vins dans les petites années, et les petits vins dans les grandes années. J'aime beaucoup les vignerons. Je suis allé déguster des vins dans diverses régions de France, et j'ai connu des hommes très intéressants. Ils ne ménagent pas leur peine et ils osent prendre des risques. Le choix de l'époque des vendanges, par exemple, est une prise de risque. On peut se dire : « J'attends encore trois jours. Peut-être y aura-t-il plus de soleil, donc de sucre. » Et si le temps se gâte, on perd tout. Ensuite, dans la vinification. Les cuvaisons peuvent se faire de une à cinq semaines. Si on choisit de les faire en une semaine, le vin aura plus de goût, de parfum, mais il vieillira moins longtemps. Par contre, si les cuvaisons sont plus longues, on perd du fruit mais on gagne en intensité, et le vin vieillira mieux. C'est incroyable les choix qui s'offrent à un vigneron. Si on conserve moins de raisin sur la grappe, on fait un vin plus puissant. Si on en garde davantage, le vin sera plus dilué. Pour essayer de faire du bon vin, il faut faire un maximum de 50 hectolitres à l'hectare, alors que la vigne peut en produire le triple. C'est un choix difficile pour un vigneron de jeter les deux tiers de sa production. Une vie ne lui suffit pas pour faire tous ces choix ! Dans certains châteaux, comme yquem, on trie les grains. On ne garde que les « grains nobles », ce qui augmente naturellement le prix du vin.

A. A. : Il y a une dizaine d'années, tu as acheté des vignes ?

J.-L. T. : Pendant les premières années, je donnais la récolte à une coopérative qui la mélangeait avec des raisins d'autres propriétaires de la région. Puis, je suis devenu très ami avec un vigneron, Bertrand Cantellini. Nous avons décidé de faire notre vin nous-mêmes. Il y a quatre ans que nous fabriquons un côtes-du-rhône qui est sur un très beau terroir. Nous sommes tout près de Châteauneuf-du-Pape. Le seul défaut que l'on peut reprocher aux vins de chez nous, c'est d'être, à cause du soleil, plus alcoolisés que les vins de Bordeaux. Ils font souvent un à deux degrés de plus. J'ai commencé, comme beaucoup, à aimer les bordeaux. Pour moi il y avait les bordeaux, et puis les autres vins. Il faut dire que la plupart des régions vinicoles ont fait d'énormes progrès ces dernières années. Les Côtes-du-Rhône ont un potentiel énorme. Peut-être même plus important encore que le Bordelais. De nouveaux vignerons sont arrivés. Ils ont, en priorité, le souci de la qualité. Nous n'avons peut-être pas encore rattrapé la technicité du Bordelais, mais nous n'en sommes plus loin. Pour ce qui est du degré d'alcool, si l'on veut se limiter à une certaine dose d'alcoolémie, et si l'on admet que nos vins sont 10 % plus alcoolisés que les bordeaux, il suffit de ne pas boire le dixième verre et de s'arrêter au neuvième ! (Je parle en alcoolique, à mes amis alcooliques !) Jules César se méfiait de Cassius parce que ce dernier n'aimait ni boire ni manger, il lui préférait Brutus qui était un épicurien. Tous les deux l'ont trahi, d'ailleurs... Une autre anecdote : à la fin de sa vie, Freud s'est retiré à la campagne. Il a dit, paraît-il : « Je me suis trompé toute ma vie, il n'y a qu'une seule chose vraiment intéressante, c'est le jardinage. » Et pour en revenir au vin, il faut trouver le bon équilibre entre alcool et acidité pour ne pas avoir l'impression que le vin est « alcooleux », pour qu'il n'ait pas le goût d'alcool. Bref, avec Bertrand Cantellini, on apprend. Pour conserver l'arôme du fruit, on travaille les grappes avec les pieds. On appelle cela « faire du pigeage ». On peut aussi le faire d'une façon mécanique avec un plateau qui enfonce le raisin. Enfin, on demande aussi des conseils aux voisins vignerons qui sont des amis et font un vin qui nous plaît.

A. A. : Il n'y a pas de compétition entre vous ?

J.-L. T. : Uniquement chez les médiocres. Nous nous sommes regroupés, une dizaine de vignerons des Côtes-du-Rhône méridionales. Le seul critère qui nous a réunis est l'estime que nous avons les uns pour les autres.

A. A. : Le célèbre œnologue Robert Parker, dont les opinions font autorité, considère que les côtes-du-rhône sont les meilleurs vins rapport qualité/prix.

J.-L. T. : Attention, il existe deux Côtes-du-Rhône. La partie septentrionale, qui se situe au-dessous de Lyon, et la partie méridionale — où nous nous trouvons —, qui est entre Montélimar et Avignon. Ce sont deux vins assez différents, mais je suis d'accord avec Robert Parker.

A. A. : Le nom de ton côtes-du-rhône est « Rouge Garance ». Tu l'as choisi en hommage à Arletty ?

J.-L. T. : Bien sûr ! La garance est une plante qui servait à fabriquer de la teinture rouge. Les culottes des spahis étaient teintes avec de la garance. Il y a une autre raison. Avant de planter de la vigne sur nos terres, on cultivait la garance.

A. A. : Je t'ai vu t'attacher à des détails, le bouchon, par exemple.

J.-L. T. : Ce n'est pas un détail. Un bouchon peut ruiner une bouteille. Malgré toute l'attention qu'on y prête, on a quand même des bouteilles bouchonnées. Pas beaucoup, deux sur mille environ. C'est désolant ! Tous les bouchons sont fabriqués avec du chêne-liège. Malheureusement un ver s'installe quelquefois dans un arbre et donne ensuite un mauvais goût au bouchon et, donc, au vin. Il est certain que si on achète un bouchon à trois francs on a moins de risques que si on l'acquiert à trente centimes !

A. A. : Tu gardes des échantillons de ton vin dans ta cave ?

J.-L. T. : J'ai quelques bouteilles de 98, une centaine de 99. Nous avons commencé en 97, une année à oublier !

A. A. : On peut en boire un verre maintenant ?

J.-L. T. : Volontiers.

(*Jean-Louis va chercher une bouteille de 98. Il en est particulièrement fier. « Tu aimes ? » me demande-t-il l'œil pétillant. Et d'ajouter : « Dommage qu'il n'en reste plus. Dans dix ans, il aurait été magnifique ! »*)

A. A. : Tu habites actuellement dans cette maison qui fait face à Uzès. Tu as beau changer d'endroit, tu restes toujours dans le même périmètre !

J.-L. T. : J'aime bien changer, car je trouve qu'on accumule trop de choses sans intérêt. Lorsqu'on déménage, on jette les vieux objets ou les papiers inutiles. On recommence une nouvelle vie. J'aime également avoir des voisins différents. Je discute avec eux. Nous sommes des gens de la campagne.

A. A. : Ta maison précédente était superbe et grande. Celle-ci est une villa nettement plus intime.

J.-L. T. : Quand on n'a plus d'enfants, que l'on vit en couple, je crois qu'on est mieux dans une petite maison. Nous avons un peu de terrain avec différents arbres qui nous donnent des fruits à chaque saison de l'année. Nous avons même un poirier sur lequel poussent non seulement des poires, mais aussi des pommes, grâce à un merveilleux jardinier espagnol qui a soixante-dix-huit ans et dont le plus grand bonheur est de faire des greffes. De même, sur un arbre à noyaux, un prunier, il a greffé des abricots...

A. A. : Et sur un olivier ?

J.-L. T. : Je crois que c'est aussi possible. On doit pouvoir greffer un jujubier, qui donne un fruit dont le noyau ressemble un peu à celui de l'olivier. En revanche, sur un olivier qui donne des olives noires, on ne peut pas greffer de branches qui donnent des olives noires : c'est une idée fausse, parce que c'est le même arbre. Il existe des ceps de vigne qui font du raisin blanc et du raisin noir, mais il n'y a pas d'arbre différent pour les olives vertes ou noires. Quelqu'un posait un jour cette question à Jean-Claude Carrière qui est un homme très cultivé. Celui-ci affirmait que deux arbres différents donnaient des olives vertes ou noires : je n'ai pas osé le contredire. Je sais cela car j'ai deux hectares et demi d'oliviers. Je passe trois mois et demi tous les jours de l'hiver à tailler mes oliviers, à leur donner de l'air. On raconte qu'un oiseau devrait pouvoir voler à l'intérieur de l'arbre.

A. A. : Et tu fais de l'huile d'olive ?

J.-L. T. : Bien sûr. On en donne à un moulin. Il y a encore un vieux moulin, dans l'Ardèche, avec une roue en pierre très lourde qui écrase non seulement le fruit mais aussi le noyau. C'est nous qui récoltons nos olives et qui les transportons. Il y en a peut-être deux tonnes et demie. On a trois mois, de décembre à février, pour faire ce travail. La cueillette est une tâche difficile. Nous en ramassons nous-mêmes, et des amis viennent nous aider. Lorsqu'ils ont récolté cent kilos, ils en gardent la moitié pour eux.

A. A. : Tu t'es totalement imprégné de cette vie. Pas un citadin ne prononcerait de telles paroles avec une telle conviction...

J.-L. T. : J'ai découvert chez les paysans des qualités extraordinaires qu'on ne soupçonne pas. Ce sont des gens qui vivent en autarcie. Ils s'arrangent pour n'avoir besoin de personne. J'ai un ami, Titol, qui sait tout faire. Il construit sa maison, il fait la plomberie, l'électricité, la maçonnerie, tout ! Il répare lui-même ses vieux camions. C'est une habitude de gens un peu décadents, comme toi et moi, que de faire appel à des ouvriers pour le moindre ennui ! Surtout, Titol est avant tout paysan : il plante et il récolte des tomates, des melons... Mais il ne sait pas vendre, il n'est pas organisé pour cela. Alors, il court toujours après l'argent. Avec sa femme ils travaillent quinze heures par jour ! Je n'ai jamais vu des gens se donner autant de peine pour gagner si peu ! En même temps, ils sont riches de savoir. Ils lisent beaucoup, écoutent France Culture. Il est vrai que les paysans ont des moments où le travail est moins intense, en hiver par exemple où, pendant quelques mois, rien ne pousse. Je ne connais personne — même parmi les intellectuels — qui me parle de Jean Genet comme le fait Titol. Il connaît toute son œuvre, et pourquoi tel roman a été écrit, à quel moment et en quelles circonstances. Tu comprends que je me sente mieux avec Titol et sa femme Tija qu'avec n'importe quel homme de culture.

A. A. : Parlons de voyages ! L'une de tes distractions favorites, c'est d'embarquer dans une voiture avec Mariane et de partir en Espagne ou en Afrique.

J.-L. T. : Je n'aime pas prendre l'avion, atterrir dans un pays où la langue est différente et, de ce fait, n'avoir que des rapports de touriste à autochtone. Je déteste cette idée ! J'aime les voyages courts, me promener en France, m'arrêter souvent, connaître des gens différents, parler de leurs problèmes, de leur culture. Je visite beaucoup les musées. C'est une faveur magnifique de voir, dans la même journée, de grands peintres d'horizons divers et de pouvoir admirer leurs œuvres. Mais il est difficile de rentrer dans un tableau quand des gens passent devant vous. En fait, il faudrait être seul dans le musée pour que le bonheur soit complet. Je me souviens d'un voyage que nous avons fait en Espagne et où les toiles du Greco m'ont impressionné au-delà de tout. À travers sa peinture, on le voit aux différentes époques de sa vie. C'est cela un artiste : un homme qui met ses souffrances et ses bonheurs sur la toile. C'est exemplaire, Greco !

A. A. : Greco te touche plus que l'École flamande ou les Impressionnistes ? Si on te disait : « Choisissez un tableau », tu prendrais un Greco ?

J.-L. T. : Je ne sais pas... peut-être que, quand on va au Prado, où il doit y avoir deux cents œuvres du Greco, on reste confondu par tant de beauté ! Bien sûr, il n'est pas le seul génie. Vélasquez... incroyable, Vélasquez ! Tu as l'impression, quand tu regardes ses tableaux de loin, qu'ils sont en relief, que ce sont des sculptures. C'est fabuleux !

A. A. : L'art, le vin, la vigne, les oliviers... des passions nobles. Rien à voir avec l'amoureux de l'automobile.

J.-L. T. : *Automobile* est un mot que je trouve magnifique. C'est la contraction de *autonomie* et *mobilité*. Quelle image de liberté ces deux mots représentent ! Nous sommes dans cette maison, et si nous le désirons nous pouvons être dans vingt minutes au milieu d'une forêt ! C'est quand même extraordinaire ! Pourquoi, à Paris, malgré les contraintes, les feux rouges, les accrochages, les PV, les gens prennent-ils quand même leur voiture au lieu d'emprunter les transports en commun ? Parce que dans son propre véhicule on est seul, on ressent le goût de la liberté. Et la liberté, c'est l'autonomie. Il est vrai que rouler à Paris ou dans la campagne sont deux choses bien différentes. J'adore être dans une voiture décapotable, rouler doucement sur les petites routes et écouter de la musique.

13
Le dur chemin qui mène au bonheur

André Asséo : Si nous essayons de résumer, de faire le point, l'une des explications majeures de ta vie à la campagne, c'est la simplicité dans les rapports quotidiens.

Jean-Louis Trintignant : Il n'est pas nécessaire, ici, de montrer qu'on est intelligent. Ce qui est le cas à Paris. À la campagne, les gens se dévoilent par les actions qu'ils mènent. À Paris, on parle beaucoup et on ne fait pas grand-chose. Mariane me disait : « Je déteste ceux qui arrivent, qui s'assoient, et parlent en buvant un verre. » Elle a raison. Je n'aime pas non plus m'arrêter dans mes occupations où le physique tient toujours un rôle important, et m'asseoir pour parler.

A. A. : J'ai remarqué que, lors d'une conversation, tu laisses s'exprimer tes interlocuteurs comme si tu n'étais au courant de rien. Au fond de ton regard, je perçois une petite lumière qui dit l'inverse. Mais tu ne le montres pas.

J.-L. T. : Il y a une phrase, de Confucius je crois, qui est la suivante : « Puisque tu as deux oreilles et une bouche, écoute deux fois plus que tu ne parles. »

A. A. : C'est ce que tu fais ! Ce qui ajoute peut-être à cette ambiguïté, soulignée par de nombreux metteurs en scène, qui est l'une des caractéristiques du comédien Trintignant. Et j'ai retrouvé une phrase que tu as prononcée : « Je suis un fou qui se force. »

J.-L. T. : Je voudrais que rien ne soit jamais acquis. Et comme j'aime les extrêmes, j'ai sûrement un peu de cette folie de la découverte d'un univers qui nous échappe. Quand j'ai touché à la drogue ou à l'ivresse procurée par l'alcool, c'était pour entrer dans un monde inconnu. Avant même d'être comédien, je prenais des « cuites » terribles, pour être quelqu'un d'autre, pour être libre, incontrôlé, et aller au-delà.

A. A. : Aujourd'hui, le comédien a le temps de lire, il est libre. Quelles sont tes lectures ? Des livres, des journaux ?

J.-L. T. : Je lis très peu de journaux, à l'exception des revues automobiles. J'aime connaître les évolutions techniques, les innovations. Quant à la littérature, je lis peu. J'ai tant de choses à faire actuellement que j'aurai plus tard tout le temps de lire... lorsque je serai sous perfusion ! Tu sais, j'ai vécu vingt-cinq ans à Paris à l'intérieur d'appartements ! J'ai besoin de respirer ! De faire du vélo, de la Mob. J'ai lu beaucoup, avant, des classiques principalement.

A. A. : Et les contemporains ? Le dernier prix Goncourt ?

J.-L. T. : Ça ne m'intéresse pas tellement. J'ai sûrement tort, parce que je passe à côté de livres très intéressants ! J'ai aussi un problème de vue qui me gêne pour la lecture. Je ne porte pas de lunettes. Ce n'est pas un problème de coquetterie, non, c'est une question d'habitude. Comme je suis myope, j'aurais déjà dû en porter lorsque j'étais gosse. Je ne l'ai jamais fait et j'ai admis l'idée de ne pas voir très bien. Je ne serais pas plus heureux si je voyais mieux !

A. A. : Tu dis que l'actualité du livre, les derniers ouvrages parus ne t'intéressent pas. Un homme que tu admires, Georges Brassens, raisonnait exactement comme toi. Lorsqu'il lisait l'ouvrage d'un auteur, il prenait le temps nécessaire pour découvrir l'ensemble de son œuvre.

J.-L. T. : J'ai fait ça ! Quand je m'intéressais à un poète, je lisais tout ce qu'il avait écrit, même sa correspondance. Baudelaire, Rimbaud, Apollinaire, Verlaine : j'ai tout lu de ces auteurs. Georges Bataille également m'a plu. Ses œuvres viennent d'être rééditées en cinq énormes volumes chez Gallimard : je n'ai pas sauté une ligne. C'est passionnant de connaître un auteur. Sinon on peut lire un texte dont l'intérêt paraît moins évident que si on le découvre dans son contexte. Pourquoi cet auteur a-t-il écrit tel livre ? Quel événement l'a poussé à le faire ? C'est cela qui est le plus intéressant.

A. A. : Tu ne m'en voudras pas si je parle à nouveau de Brassens, puisque tu adores ses chansons. La plus belle de toutes, je crois, est la *Supplique pour être enterré à la plage de Sète*. Brassens rigolait toujours lorsqu'on parlait de la mort. Sans doute parce qu'il en avait peur. Et toi ?

J.-L. T. : Qui n'aurait pas peur de la mort ! Je trouve qu'il faut en parler — comme Brassens —

d'une façon gaie. C'est une manière de mieux vivre que de penser à la mort. Il faut vivre comme si on allait mourir l'instant d'après. Il ne sert à rien de nier cette idée qui doit être toujours présente, sans devenir accablante. On doit se dire : « Vite, vite ! Profitons ! » J'avais un jour déposé une idée d'émissions sur la mort à un directeur de France 2. Celui-ci se récria : « Mais vous êtes fou ! Ce sujet ne sera jamais accepté ! » J'avais pensé à un grand nombre de thèmes qui avaient tous la mort comme lien commun, par exemple des gens qui ont frôlé la mort, qui ont connu l'au-delà, en sont revenus. Tous les grands auteurs ont parlé de la mort, que ce soit au théâtre, au cinéma, en littérature ou dans les chansons. Si l'on n'a pas présente cette notion de la mort, je pense que les écrits sont inutiles ! La mort est le problème le plus important pour un être humain. La naissance, on ne s'en rend pas compte. La mort, comment l'ignorer ?

A. A. : Tu fais souvent allusion à la vieillesse.

J.-L. T. : La vieillesse ne peut pas se faire oublier. Elle est présente tout le temps. Ce sont les taquineries physiques, les douleurs, les exercices qu'on ne peut plus faire. Par exemple, j'aimais courir, pas pour faire de la compétition, pour le besoin de mouvoir tout le corps. C'était un impératif ! Maintenant, ça me fait mal ! Je fais quelques pas en courant, et de suite j'arrête, « Hou ! J'ai mal, j'ai mal ! » Je parle de ça parce que c'est moins impudique que de parler d'autre chose !... C'est tout cela la vieillesse. On ne m'avait pas prévenu que ce serait aussi dur !

A. A. : Qui aurait dû te prévenir ?

J.-L. T. : Les gens qui étaient vieux auraient pu me dire : « Profite bien, parce qu'un jour tu ne pourras plus le faire ! » Il faudrait qu'on nous le rappelle plus souvent, mais sans jouer les vieux cons qui s'obstinent à embêter les jeunes en leur serinant le même discours. Il faut dire aux jeunes : « Vivez bien ! Soyez heureux ! Ne vivez pas une vie de devoirs et de soumissions ! » Si on fait des choses utiles, le travail peut aussi être un bonheur. Je repense à nos amis Titol et Tija : ils cultivent, travaillent la terre des heures durant ! Et ils le font dans un bonheur extrême. Ils prennent un immense plaisir, même s'ils ont mal au dos à force de se baisser. Ils ont plus de cinquante ans, c'est douloureux mais ils sont heureux !

A. A. : Ce sont de vrais paysans qui, comme toi, aiment la terre. Mais imagine-les dans une usine en train de tourner des boulons toute la journée...

J.-L. T. : Ils y trouveraient peut-être du plaisir, parce que ce sont des gens optimistes et toujours très gais. De toute façon, je ne crois pas qu'on ait le droit de condamner quelqu'un toute sa vie à tourner des boulons ! Je pense qu'on ne peut faire cela qu'un moment, en sachant que les choses changeront, évolueront. J'ai fait, dans ma jeunesse, des travaux que je n'aimais pas du tout, mais j'étais persuadé que ce serait passager.

A. A. : Je reviens à la vieillesse. Ce ne sont pas que les efforts physiques qui s'amenuisent peu à peu. C'est aussi la sensibilité plus vive, les nerfs plus fatigués...

J.-L. T. : Dans *Les Paradis artificiels*, Baudelaire parle de « l'attendrissement des nerfs » ! C'est vrai qu'on pleure pour rien. Mais il ne s'agit pas d'une plus grande sensiblerie. Je pense qu'on touche là un plus grand égoïsme. Quand les vieux pleurent, ils pleurent sur eux-mêmes, ce n'est pas par générosité. Les douleurs des autres les font rarement pleurer. Ce sont leurs propres douleurs qui leur tirent l'émotion : « l'attendrissement des nerfs » !

A. A. : Il t'arrive de pleurer sur toi-même ?

J.-L. T. : Plus facilement qu'à trente ans ! Je savais, à l'époque, mes douleurs passagères, alors qu'aujourd'hui je suis entré dans une période de douleurs qui vont devenir de plus en plus intenses. *(Jean-Louis sourit. Son visage est mi-sérieux, mi-amusé.)* C'est vrai, je ne suis pas très optimiste ! Mais je m'efforce d'être heureux. L'une des orientations pour trouver le bonheur est la générosité. S'occuper des autres, et moins de soi-même. Les vraies satisfactions sont ressenties lorsqu'on est tourné vers les autres. La même chose dans un couple : le bonheur, c'est lorsqu'on partage, qu'on rigole ensemble, qu'on a mal ensemble, qu'on regarde et apprécie les choses ensemble.

A. A. : Le bonheur, c'est s'occuper des autres. C'est ce que tu viens de dire. Tu as mené une action pour « Terre des Hommes » dont tu n'as jamais parlé.

J.-L. T. : C'est vrai. Nous venions de perdre notre petite fille, et je me suis intéressé aux enfants malheureux dans le monde. J'ai connu un homme magnifique qui était le directeur de « Terre des Hommes ». J'ai voulu, à ce moment-là, travailler avec lui et l'aider. Lorsqu'il y avait une catastrophe naturelle, tremblement de terre par exemple, cet homme partait avec quelques personnes, recueillait les enfants dont les parents venaient de disparaître et s'en occupait. J'ai voulu partir en mission avec lui, tout en continuant à être comédien. Il m'a dit : « Des gens de bonne volonté, j'en connais beaucoup. Ce qui me manque, c'est l'argent. » Je lui ai répondu que je lui donnerais de l'argent, « la moitié de ce que je gagne ». Il a alors ajouté : « Je vous souhaite de travailler beaucoup, beaucoup ! » (*Rires.*) Tout cela a duré deux ans, jusqu'au jour où je me suis aperçu que je courais à la catastrophe. Lorsque pour un film je touchais mon cachet, la moitié allait directement sur le compte de « Terre des Hommes ». Je payais, à cette époque, plus de la moitié de mes salaires aux impôts. C'est-à-dire que lorsque je gagnais mille francs, cinq cents francs partaient à « Terre des Hommes », et les impôts me réclamaient six cents francs. Je perdais donc 10 % sur chaque film que je tournais ! J'ai mis des années à m'en remettre ! Endetté jusqu'au cou ! Je ne connais pas la législation actuelle, mais à l'époque je trouvais honteux que l'on puisse verser des sommes au profit d'un parti politique et que cet argent soit déduit des impôts, alors que pour une œuvre comme « Terre des Hommes » il n'en était pas de même. C'est une gifle à la morale !

A. A. : Pour résumer cet entretien, il y a une phrase de Jules Renard qui te correspond parfaitement, je crois : « J'ai connu le bonheur, mais ce n'est pas ce qui m'a rendu le plus heureux. »

J.-L. T. : Il est vrai que l'idée du bonheur est un peu énervante. Le bonheur n'est pas un état que l'on construit. Ça vous arrive un peu sans qu'on s'en rende compte. Jules Renard a sans doute voulu dire qu'il ne faut pas chercher le bonheur à tout prix. J'ai lu un bouquin de Yasmina Reza qui conte l'histoire d'un père reprochant à son fils de chercher le bonheur. Le fils, par peur des contraintes, refuse de se marier et d'avoir des enfants. Il préfère vivre pauvrement et rechercher la tranquillité, ce que ne peut admettre le père qui a élevé ses gosses, connu des joies et des peines. Il reproche à son fils cette idée de bonheur.

A. A. : Sans rechercher le bonheur, tu as eu une vie heureuse, que tu t'es forgée. Tu ne t'es jamais dit : « Je vais tourner ce film ou jouer cette pièce parce que ça va me donner du bonheur. » Le bonheur est venu à la suite du travail que tu as accompli.

J.-L. T. : J'ai eu beaucoup de bonheurs... et de malheurs aussi. Je crois qu'on ne peut pas connaître le bonheur si on ne connaît pas son contraire. Les gens qui ont une petite vie calme, ayant toujours hésité à se faire du mal, ne connaissent pas l'exaltation du bonheur. Je le répète : toute chose n'existe que par rapport à son contraire ! C'est cela aussi la signification de la phrase de Jules Renard : « J'ai connu le bonheur, mais ce n'est pas ce qui m'a rendu le plus heureux. » C'est magnifique !

Table

Introduction 9
1. 2001 : du côté d'Uzès 11
2. Les années de jeunesse 17
3. L'apprenti comédien 23
4. Brigitte Bardot et le service militaire 33
5. « Hamlet » ou les clés du théâtre 41
6. Une carrière italienne 53
7. 1960-1997 : un parcours en France 67
8. Réflexions sur le métier d'acteur 115
9. L'homme qui réalisa deux films 127
10. Passion 1 : la poésie 133
11. Passion 2 : l'automobile 141
12. Passions, etc. 147
13. Le dur chemin qui mène au bonheur 159

Cet ouvrage a été composé par
Graphic Hainaut (59163 Condé-sur-l'Escaut)
et imprimé sur presse Cameron
par **Bussière Camedan Imprimeries**
à Saint-Amand-Montrond (Cher)
pour le compte des éditions Plon

Achevé d'imprimer en janvier 2002

N° d'édition : 13434. — N° d'impression : 020175/1.
Dépôt légal : janvier 2002.